暮鼓晨钟

田 斌 著

合肥工业大学出版社

山川万物的深情礼赞

——田斌诗歌集《暮鼓晨钟》序

孔令培

在田斌的诗歌海洋里游弋，仿佛是在美不胜收的"山阴道上"信马由缰：满眼都是草长莺飞，桃红柳绿；到处都是风清月朗，大地一片芳菲。诗人的生花妙笔触及生活的方方面面，凡尘世间有的，都会有田斌的诗意描绘，但田斌的诗魂在本质上属于土地、田园以及根植于血脉中的故乡情结。这些纠结，化为辞章，形于歌咏，便形成了诗人一种藏于胸臆而又挥之不去的家国情怀和忧患意识。田斌的诗，无论在结构章法还是在构思或用语造句上，往往别出心裁、独辟蹊径。请看《我坐在了首席上》：

年收紧了手中的线
把漂泊在外的游子
放风筝似的，一一拉回家

年夜饭，我坐在了首席上
还没说话
泪水就模糊了双眼
嗓子已哽咽

"爸走了快一年了"
一家人都发出了感叹
"你今天有点像老爸"
妻子不无调侃地说
"万事都有交接"
我在内心暗自嘀咕

我们碰杯的声音依旧像往年

只是今年我代替了老爸

坐在了首席上

　　年关将至，游子归来，这是千百年来中国人的一种乡愁、一种习俗，再普通不过了，但诗人的精妙之处是，他把过年的巨大吸引力比喻成放风筝时手上的线。这一形象而生动的比喻，使整个场景、人物、心态和氛围，都充满了动感和张力，诗的意蕴和意象都鲜活起来。游子像风筝似的归来，诗人把笔锋一转，回到了正题。又是一个意想不到的写法，把对父亲的思念——那种不可言状的痛楚、悲苦，不动声色地用"我坐在了首席上"加以表现，这是该诗的高明之处，也是诗人构思上的不同凡响之处。坐在首席上的人，给读者许多想象和诗以外的东西。

　　《雪野》也是一篇难得的佳作。这是首咏景诗，茫茫雪野在阳光的映衬下变得分外妖娆。诗人的心情不错，他看到几只麻雀在雪地里蹦跶，写道："像一块偌大的雪饼/撒满黑芝麻"。他看菜地里少了一棵白菜，说"谁抠走了白菜"，不说挖也不说摘；他看到夕阳西沉，说"夕阳掉进冰河里/溅不起一丝波浪"。这些是多么传神的描写，贵在用语独特和形象化的思维上。

　　诸如此类，诗集中有许多。如《闪电的鞭子》中，把闪电说成是上天的鞭子，把乌云说成是上天的坐骑，把惊雷说成是良驹腾空的怒吼，都是十分新颖的神来之笔。还有《麦田里踩出的那条小路》里，说那条被人踩踏的弯曲小路，仿佛是一条粗大的鞭子，抽打着踩踏者的灵魂，形象生动、鞭辟入里。还有《荷塘四周的水墨小景》，通过有张有弛的景物变化和各种昆虫鸟儿具象而灵动的描写，为我们展示了江南水乡一幅诗中有画的山水画卷，结尾处还触动了诗人的悠悠情思，留下了一串人生哲理的思考题。

　　田斌有不少诗作是抒发乡愁的，这些诗大多写得深沉、含蓄、隽永，如《长蒿草的老屋》《去乡下》《走在通往山坡的小路上》等。这些作品或怀念故乡的老屋，回忆童年的时光；或怀念逝去的亲人，缅怀久远的岁月；或写远离城市的喧嚣，在乡间觅得一分清闲。

　　《暮鼓晨钟》中有许多精品佳作，希望读者去评鉴，如《高山瀑布》《夜如钩》《马头琴》等。这些作品构思精巧，比喻奇特，诗情丰沛，余音绕梁。

《暮鼓晨钟》是一部内容广泛而坚实、写法丰富而多彩的诗歌作品集。这是田斌的第七部诗集，他如此高产，在诗坛上是罕见的。田斌不是专业作家，取得如此成绩实属不易。我们期待他有更多的优秀作品问世！

（孔令培，中国音乐家协会会员，一级作曲，著名评论家，原宣城市文艺创研室主任）

目　　录

光之美　　　　高山瀑布 / 003

幸福的水鸟 / 004

麦　香 / 005

夜如钩 / 006

躺在青草地 / 007

割　草 / 008

火烧云 / 009

峭壁上的一棵树 / 010

压轴戏 / 011

飞　檐 / 012

荷上露珠 / 013

马头琴 / 014

响沙湾 / 015

追梦人 / 016

操场上的一群孩子 / 017

一万只蝉的和鸣 / 018

雨中荷塘 / 019

桃花雪 / 020

闪电的鞭子 / 021

麦田里踩出的那条小路 / 022

深山里的那座拱桥 / 023

太平湖的早晨 / 024

荷塘四周的水墨小景 / 025

静 / 027

澄 澈 / 028

江 湾 / 029

雨过天晴 / 030

落 花 / 031

幽 谷 / 032

我老远就惊叹于那一树柿子 / 033

一棵光秃秃的树 / 034

蛛网上的蜻蜓 / 035

黎明赐予的美好 / 036

流 水 / 037

荷 花 / 038

荷 韵 / 039

莲花盛开的季节 / 040

春风的火焰 / 041

河滩上的一块草地 / 042

暴雨过后 / 043

一枝独秀 / 044

陌生的力量 / 045

倒挂丁钩 / 046

飞翔的蝈蝈 / 047

环 湖 / 048

小 溪 / 049

草 原 / 050

流沙山 / 051

猫儿山 / 052

峡 谷 / 053

荷 塘 / 054

敬亭山 / 055

鹰 / 056

雨 后 / 057

捕捉一只蜻蜓 / 058

草垛上的雪 / 059

白 鸽 / 060

蜻 蜓 / 061

棉桃开了 / 062

豹 / 063

八 月 / 064

萤火虫 / 065

一条闲置河边的船 / 066

幸福的吟唱 / 067

白鹭飞离水面 / 068

偶 见 / 069

端午的河滩 / 070

鲜花开满两岸 / 071

旷野里的乌桕树 / 072

河边的翠竹林 / 073

大地上的谷物 / 074

初夏的菜园地 / 075

新 麦 / 076

荷 花 / 077

一棵枯死的树 / 078

梨 花 / 079

盛夏里绽放的三角梅 / 080

刺桐花 / 081

凌霄花 / 082

河滩上的野草丛 / 083

栅栏上盛开的凌霄花 / 084

悬崖上的一棵树 / 085

酸涩的野柿子 / 086

行道树上的合欢花 / 087

蒲公英 / 088

蝴蝶扇动翅膀 / 089

一只白鹭在暮色里飞 / 090

雪　野 / 091

爱之思　　袭人的芳香 / 095

海，站了起来 / 096

放牧羊群的人 / 097

散　步 / 098

蚊　香 / 099

写在了灰里 / 100

春雨绣花针 / 101

月夜独坐 / 102

遇　见 / 103

垂　柳 / 104

那　晚 / 105

那个有月光的夜晚 / 106

葡萄架下 / 107

小公主 / 108

艳　遇 / 109

坐在故乡的小河边 / 110

心　曲 / 111

桃花总那么艳 / 112

月光下的夜晚 / 113

泳，在西山水库 / 114

退休帖 / 115

花开的夜晚 / 117

睡　莲 / 118

春　恋 / 119

阳光草地 / 120

喜鹊飞过春天 / 121

冬葫芦 / 122

情之深　　　走在通往山坡的小路上 / 125

白了我一下 / 126

早花生 / 127

我坐在了首席上 / 128

放风筝的孩子 / 129

用心良苦 / 130

儿时的伙伴 / 131

摇摇窝 / 132

蚁如灯 / 133

铜　锣 / 134

我就想这么简单地生活 / 135

冲 / 136

幽　居 / 137

长蒿草的老屋 / 138

蛇 / 139

葡萄熟了 / 140

一条蚯蚓在水泥路面上蠕动 / 141

栀子花 / 142

雨后的荷塘 / 143

池塘新荷 / 144

荷塘怀思 / 145

夏日荷花 / 146

让爱插上歌声的翅膀飞翔 / 147

黄山画卷 / 148

扶贫路上 / 149

情不自禁 / 150

中　央 / 151

那个蹲进菜地的人 / 152

谷　穗 / 153

若有所思 / 154

惊　扰 / 155

梦想过告老还乡的生活 / 156

祭父亲 / 157

水　芹 / 158

河边上的芦苇丛 / 159

青　松 / 160

我只想做一棵河柳 / 161

桥上看海 / 162

白发苍苍 / 163

离　乡 / 164

给母亲逮了一只小狗 / 165

月光下的弘愿寺 / 166

清明雨 / 167

树　桩 / 168

露　珠 / 169

乡之恋　　雪 / 173

回故乡，我都要把乡下的穷亲戚走一遍 / 174

卖鱼苗的人 / 175

大清早，和父亲一起拔秧 / 176

石　器 / 177

宣　笔 / 178

画　竹 / 179

逮　鱼 / 180

打水漂 / 181

放鸭图 / 182

故乡的小河 / 183

坐在岸边的石凳上 / 184

银杏谷见闻 / 185

去乡下 / 186

夜幕笼罩的乡村 / 187

在竹海里穿行 / 188

初春的桃花 / 189

手捧飘落的桃花 / 190

春到桃花潭 / 191

乡野观荷 / 192

芒 种 / 194

茭 白 / 195

春光里 / 196

走进竹林 / 197

变成一只小虫子 / 198

蜘 蛛 / 199

初 心 / 200

川贝籽 / 201

走进清晨的田野 / 202

荒坡上的草 / 203

旧日夜晚 / 204

几只斑鸠在草地上觅食 / 205

开满鲜花的山坡 / 206

躺在草地上晒太阳真好 / 207

垂 钓 / 208

雨 声 / 209

风 / 210

柴 门 / 211

松　林 / 212

纯　真 / 213

幸运与美好 / 214

河水的倒影 / 216

春天的喜讯 / 217

乡村的夜晚不再黑 / 218

清　露 / 219

光 之 美

高 山 瀑 布

万马奔腾的嘶鸣
在冲
悬崖壁仞
像绊脚石
命运勒不住的马
前赴后继
惊恐声中
一切跌落得粉身碎骨

白色的精灵在舞
这生命的祈祷
在救赎

超越
该是一种多么伟大的壮举

沉静
是另一种再生
止歇与微澜

澄澈的美
像一面镜子
映照生命的思索

(刊《人民日报（海外版）》2018 年 11 月 10 日)

幸福的水鸟

湖边黄昏的余晖里，芦苇荡
水鸟唱着歌，飞翔
我是诗人，别怪我瞎想

水鸟是会飞的孩子
喜欢在水里滑翔
它扇动的翅膀溅起波浪
它想飞就飞，想唱就唱
只要有这片葱郁的芦苇荡
那就是它幸福的天堂

在鸟的王国里，鸟语花香
在这不被惊扰的世界
就算是在草丛里，爱的巢
也注满星星，注满月光

（刊《诗刊》2018 年第 9 期）

麦 香

田野里的小麦闪着金光
风一吹，麦浪翻滚
一浪接着一浪
多像妹妹浣洗的手
掀起绸缎一样
妹妹弯着腰，一手握镰
一手拢麦，她把刀子贴近地面
一刀子下去，割倒一片
间隙，她伸直腰
扯一株麦穗在手里搓
在嘴里嚼——那情景
那股熟悉而浓烈的麦香
像情感的引线，一下子
把我拉回饥饿的童年
往事电影一样
眼前闪现

（刊《中国作家》2019 年第 1 期）

夜 如 钩

谁点燃了落霞的熔炉
谁在山顶上锻打一枚银钩
火星四溅
溅到天上的，星光闪烁
落到地上的，萤火纷飞
我在童年捉青蛙
微风拂动秧苗，清香四溢
我用如镰的弯钩
收获一片蛙鸣
也收获蛙鸣中的芬芳与宁静

（刊《人民文学》2019 年第 12 期）

躺在青草地

上午十点钟，清风拂面
阳光和煦，露水已干
青翠芳香的草地，像绒毯
我躺在上面，像躺在爱的婚床
被爱覆盖

太阳正暖，草正香
虫鸟儿在歌唱
躺在春天的怀抱
一个慵懒之人
占尽悠闲

我躺在青草地
可以随意伸展四肢
这自由之乐
驾驶着时光之船

仰望天空，云白，天蓝
一切都显得寂静而虚无
只有上天的话语在我的内心
娓娓道来

一个人躺在青草地
像躺在母亲的怀里
拥有无尽的爱
新生儿般肆意与娇惯

（刊《中国作家》2019 年第 1 期）

割　草

在向阳的山坡上，我看见
一个弯腰的人，正在神情专注地割草
那一片毡毯似的翠绿
她像剪羊毛一样，割一把少一把
她戴的草帽盖住了她的脸
直到她汗流满面
她用搭在肩头的毛巾擦汗
你才能看见她一张青春的脸
她割的草，在她身后焉了一大片
阳光里混合着青草芬芳的气息
仿佛她的体香，在轻风中弥漫
最后，当她割完了那片草
站起身长长地舒了一口气
像把金色的阳光铺了一地

（刊《星星》2020 年第 5 期）

火 烧 云

多么大的一场火啊！连到天边
在风的浩荡里
把湖水都煮沸了

我在湖边张望
那翻飞的红云
像心中无数闪光的念头
纷扰不息，延绵不断
我在美的包裹中喘不过气来
只有跟着那燃烧的火势
往黑夜里沉

暮色里一群飞翔的鸟
像是赴死的英雄
火光中
我闻到了扑鼻而焦香的味道
这深情的呼唤
凝满爱
像是谁在等候
加快了我归家的脚步

（刊《上海文学》2019 年第 9 期）

峭壁上的一棵树

峭壁上的一棵树
不是向上生长
它被从山上吹来的风
往下吹
往死里整

我从峭壁下经过
它仿佛向我伸出呼救的手
风吹得它瑟瑟发抖
却喊不出声
仿若我在噩梦里
想逃，却张不开口
迈不开腿

树枝就要摸到我的头
微风送来缕缕花香
我抬头看它
它一脸的微笑，慈祥

我在生活中遇过不少命运多舛的人
他们简单、积极、善良、乐观
仿若这峭壁上的树
艰难困顿中
却赐人以花香，予人以友善

（刊《现代青年》2020 年第 7 期）

压 轴 戏

白天累了一天了。夜晚尚未来临
白天该如何收场
夜晚又该如何盛装出镜
这连上天老儿也一筹莫展
不知该如何是好
好在太阳是个神种
足智多谋，会演戏
无论他一头朝西山撞去
溅得火光四射
还是他朝西海扎猛子
都溅得彩霞满天
落日熔金这出戏
轴，压得漂亮
让白天和黑夜喜相逢
月亮拿出镜子照人间悲喜
星星燃满天烟火，度良宵

（刊《现代青年》2020 年第 7 期）

飞　檐

抱梦。——飞

飞檐如翅。临风
它翔动的姿态
不收拢，不停歇
让凝望者的目光
贪恋，生疼，生喜

谁在眷恋那一抹蓝天
那一朵白云，那一轮新月
风声悠扬
拂琴如歌，别恋
哀叹人去楼空的孤寂

——飞。抱梦

（刊《诗潮》2020 年第 10 期）

荷上露珠

昨夜的荷塘，风吹过
月亮照过，星星照过，人来过

荷上打坐的菩萨，一身清香
留下滚动的露珠，晶莹，剔透，闪烁
是喜悦，是忧伤，是慈悲

总有无数的瞬间被幻化
梦留在那里，爱留在那里
恨和痛也留在那里

早晨，阳光把露珠照亮，焐热
轻雾漫涌，是清新，是美，更是教化

（刊《诗潮》2020 年第 10 期）

马 头 琴

抱在怀里、握在手里的风景
都被琴丝展现
那辽阔的草原、苍凉的大漠
骏马奔驰，风沙飞扬
像此刻的琴声，在鄂尔多斯
我是倾听者中，沉醉的一个

抱在怀里、握在手里的爱恋
都被深情演绎
那美丽的格桑花、迷人的那达慕
歌声甜美，舞姿豪迈
像此刻的演出，在鄂尔多斯
我是观赏者中，动情的一个

抱在怀里、握在手里的梦想
都在琴声中刷屏
鄂尔多斯品牌的魅力
温暖了全世界

（刊《中国艺术报》2018 年 8 月 20 日）

响 沙 湾

终于扑进你怀里
凝固的波浪，闪耀的金光
那一种起伏、辽阔的景致
迷恋了多少人的目光
让人情不自禁、欲罢不能
那冲浪的船、跋涉的驼队
魔幻般邀我加入
捧起沙让它吹落
或在沙丘上蹦跳
都像童年一样快乐
游乐中，我又年轻、放肆了一回

真的，我多想变成翱翔在天空的一只鹰
俯瞰人间欢乐
我要把这沙漠中生生不息的爱
向全世界，撒播

(刊《中国艺术报》2018 年 8 月 20 日)

追 梦 人

谁起得这么早。推开晨光虚掩的门
让清风进来，让鸟鸣进来
让鲜花带着露珠的馨香进来
让人生沐浴这美妙的一刻
让沉醉的灵魂放松一会儿
让爱轻松地舒口气
你知道，我的祖国
将在春天里裹挟着雷鸣而来
由此，让我们从油菜花擂起的鼓点起笔
让蜜蜂吹着悠扬的口琴歌唱
让蝴蝶扇动着快乐的翅膀舞蹈
让小河弹着晶亮的琴弦奔腾
让一树桃花吐露春的信息
她拥抱大地的胸怀
像爱就是心中惦记的美好
让一个追梦的人
在清晨属望飞升的旭日，畅想

（刊《清明》2019 年第 2 期）

操场上的一群孩子

跑在操场上的一群孩子有多高兴
在祖国的南方，少见的一场大雪
让他们欢呼雀跃
他们把快乐的身影播撒在操场上
留下安谧后紊乱的脚印
教室房舍上的人字顶覆盖积雪
像一个戴帽子的老人蹲在那里
让操场增添了几分安详
偶尔有一两只麻雀在地面上跃动着
使大地充满了无限的生机

雪花从高远的天空落下
孩子们欢呼着伸出双手
他们的童年在洁白的光里
充满了幸福和甜蜜

（刊《清明》2019 年第 2 期）

一万只蝉的和鸣

知了！你知道些什么呢
不厌其烦地
知了、知了地叫
仿佛在提醒——
那真正燥热的夏天，来了

知了叫，割早稻
这记忆中翻晒出的农谚
掀开了蜻蜓乱舞的湛蓝天空
掀开了田野草帽翻飞的忙碌
时光倒流出的往昔
唤醒了"双抢"这个沉睡的词

眼下，那个撑着花阳伞
穿着吊带衫的女孩
抢占了夏的舞台
那灿烂的笑容是她的
那甜美的歌声是她的
那黄昏缠绵的小路是她的
那爱情幸福的倾诉是她的

你听——
一万只蝉的和鸣
喧闹了夏，沸腾了夏
人流，车流，草木，光影
齐奏出夏天热烈而高昂的交响

（刊《江南诗》2020 年第 2 期）

雨 中 荷 塘

一场雨，突如其来
把我裹挟在荷塘边
前后都是雨

雨丝如琴，弹拨着荷叶的琴声
青翠溢出来，雨珠在玉盘里滚
满目的诗情画意，湿漉漉的

在荷塘边，凝荷而望
那出水芙蓉，沐着浴
美在摇曳，在闪烁，在展露
我被肌肤凝露的体香，勾了魂

突然跃上荷叶的一只青蛙
是雨中的精灵
蛙鸣唱出了心声

宛如我们经历的各种巧遇
总在无意间，可遇不可求
像这雨中荷塘
曼妙而有趣，触动了心灵
鲜亮了目光

（刊《江南诗》2020 年第 2 期）

桃 花 雪

雪花飘落在桃花的眉宇间
是那种轻柔而又残酷的惩戒
她在春天看桃花
却看见了雪的脚步从冬天纷至沓来

旷野被覆盖，白统治了整个世界
她孤独的脚步像拉链，大地穿起了绒衫
此时，雪花裹着桃花，是另一种花开
那冰中泛红的嘴唇，袭人眼球

（刊《延河（诗歌特刊）》2020 年第 3 期）

闪电的鞭子

闪电是上天的鞭子
乌云是他巡查人间的坐骑
宝马的脚步稍慢
他就忍不住用鞭子抽
惊雷，是良驹腾空的怒吼
淘气的风趁机掀开了上帝的大氅
将他随身携带的细软
哗啦啦倾倒给人间
沐浴、滋养了万物

(刊《延河（诗歌特刊）》2020 年第 3 期)

麦田里踩出的那条小路

一条如丝的小路
在秋种后的麦田里
明亮着
这是那些为赶时间、抄近路的人
避开那条拐角的大路
硬是从还未出土的麦芽的头顶上
踩出来的

一条被青翠簇拥着的小路
安然地躺在绿毯的怀里
嗅着清新与芬芳的香味儿

当一阵和煦的春风从麦田吹过
涌动和摇曳着麦穗馨香的海
这条在阳光下闪亮和反光的小路
在绝望里
仿佛一条粗大的鞭子
不时抽打着
那些践踏者的灵魂

（刊《扬子江诗刊》2019 年第 3 期）

深山里的那座拱桥

深山里的那座拱桥
拱天，拱山，也拱人
拱着山顶上的寺庙
默不作声

白云在山顶上飘
小鱼在溪水里游
桥下淘米、洗衣的人默不作声
桥上打猎、砍柴的人默不作声

偶尔有开车过不去的人
到桥上走走，停停
看着满目熟悉又陌生的山色
心中感慨万千，摇摇头
而后默不作声

那座桥，拱风，也拱雨
它抓着山的手，在内心与自己较劲
它满目沧桑，伤痕累累
苦得默不作声

（刊《扬子江诗刊》2018 年第 1 期）

太平湖的早晨

是否一天这样开始才算美好
打开门，空气是甜的，山顶轻雾漫涌
我们站在船头，山在飞奔
扑面而来的森林，山花烂漫
我们像湖面上的鹰
张开双臂像张开翅膀
我们在飞。碧波上
又像是跃动的鱼
溅起船尾银色的波浪

我们欢愉，嬉闹。直到雾气散尽
阳光敞开温暖酥柔的怀抱
摊开一幅江南巨大的水墨画
我们是画中的两滴墨
又像是两只小蝴蝶，抑或两只小蜜蜂
这是多么让人难忘的早晨
像是神，特意赐给我们的

（刊《作家天地》2020 年第 4 期）

荷塘四周的水墨小景

阳光的脚步总慢条斯理，悄无声息
在荷塘的头顶，从东往西
把一天的时光在镜子里漂洗
把晨曦摇落成余晖

岸边小屋，白墙黑瓦闲坐
敞开窗户之眼静观其变
在黑与白、动与静之间
啜饮空气的清新与芬芳
饱尝花蕾的绽放与容颜
畅揽清风入怀

柔柳拂风，岸边的几棵老树
婆娑着，舞蹈着
是池塘的看护者
也是岁月的见证人
庇护着池边葱翠摇曳的芦苇
它们是兄弟，也是姐妹

池塘荡起涟漪，迎来了
白鹭、青蛙、蝴蝶、蜻蜓
这些好事纷至沓来，各行其是
白鹭单腿独立，惬意入眠
青蛙抱鼓而擂，其声悠扬
蝴蝶扇动心帆，为爱启航
只有蜻蜓，荷尖打歇，或轻轻点水
把一塘水墨描绘得惟妙惟肖
情动四野

而我，恍入梦中
在从前、眼前与思绪之间
穿梭，徘徊，驻足，不舍爱恋

（刊《作家天地》2020 年第 4 期）

静

静，是无风的湖面
不起一丝微澜
镜子在给天空洗脸
毛巾的云朵
白，柔，软
像小鱼儿含在嘴里的
蓬松的棉花糖，甜
时光，房舍和树木的倒影
水墨般清晰，美

静，是一个人坐在石头上发呆
像根桩，一动不动
突然的闪电
是扎入水中的翠鸟
飞溅的水花
击碎了万物波动的幻影

被惊掠的目光
盯在了水面上
一颗静候的心
出神地
在等那快乐的小精灵
重返天堂

（刊《作家天地》2020 年第 4 期）

澄澈

一群小鱼在澄澈的小河里
窃窃私语，悠然自得
它们吃着白云的棉花糖
吐着星星的泡泡
如影随形的尾巴
翘上了天

我看得入迷，目不转睛
屏声静气。最后
还是没忍住童心的咳嗽
吓得它们如游龙
摇动着尾巴
溅起河面晶莹的浪花

（刊《作家天地》2020 年第 4 期）

江　湾

多么醒目。——这惊人的转折
水波不兴，微风不起
它与我的思索不谋而合

水走到这里，才有了拐弯的意思
才另辟蹊径
闯出一片新天地

像是一个温暖的怀抱
容得下日月星辰
懂得驻足与停歇
拐弯，是一条江前行的探索

智者的沉思
像垂钓者的目光
波动着晶莹的微澜

（刊《作家天地》2020 年第 4 期）

雨 过 天 晴

雨过天晴，春风拂荡，阳光点亮的一个词
牵动了所有人对春天的爱恋与向往
小路上，踏春的脚步匆匆复匆匆
山坡上，桃花、杜鹃都织出了爱的纱巾
燃起了爱的火焰。伏蛰大地蠢蠢欲动
小溪唱起了歌谣。放眼天空
满是回归的春燕和蜜蜂飞翔的翅膀
谁也不知道，唤醒春天的
是季节的脚步，还是内心爱的萌动

雨过天晴，大地铺开春天的锦绣
喜欢春天的人走在路上，走在春风的吹拂里
走在阳光的朗照下。他们爱春天
只因为雨过天晴，有阳光，有花开，凝满爱

（刊《绿风》2020 年第 2 期）

落　花

开在枝头，那才是鲜花最美的容颜
是簇拥的美，是娇艳的鲜，是弥漫的香
悄然凋落，被风吹拂，空中飘荡
席地而卧、而眠，那才是归处

那个伏下身子捡花的人
不知期待了多久、盼望了多久
她以落花为枕
馨香了梦中秘境

（刊《绿风》2020 年第 2 期）

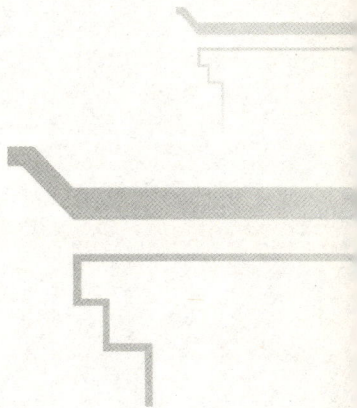

幽　谷

走在夜晚沉寂的幽谷
听虫吟与流水的轻唱
忽觉，万物皆有灵性

沉寂被沉寂吞没
那森林里的一点点响动
都是致命的一击

那密林中扑翅而起的野雀
吓人的惊叫
惊动了整座山谷

无数警觉的眼睛
闪着光

（刊《诗歌月刊》2019 年第 12 期）

我老远就惊叹于那一树柿子

我老远就惊叹于那一树柿子
一树就要燃烧的火焰
灯笼一样挑在枝头

在城市的水果店排列有序
像接受检阅的部队
光鲜着一张张青春的脸

不幸，错过时辰而糜烂的
被丢弃在一旁
像被训的人耷拉着脑袋

燃烧的火焰灼烫心境
谁关切的话语
萦绕耳际

那些被岁月腌制成的柿饼
干瘪中含着火
内心的柔软裹着蜜

（刊《诗歌月刊》2019 年第 12 期）

一棵光秃秃的树

隆冬的早晨，我在旷野上
看见一棵光秃秃的树寂静生长
它从上到下，或从下往上
没有一片叶子
只有光秃秃的树枝
披着一身耀眼的光芒

它披着一身耀眼的光芒
在远处望着它
好像一根燃烧的火炬
又像是抱一身碎银在风中摇晃

旷野里一棵光秃秃的树
披着一身耀眼的光芒
而我更迷恋它的坚毅与沧桑

一棵光秃秃的树在寂静中生长
我欣赏它内心执着向上的力量

（刊《诗歌月刊》2019 年第 12 期）

蛛网上的蜻蜓

闲暇时，我到乡下闲逛
在河边的小竹林中
看见一只蜻蜓陷入蛛网的酷刑
蛛网在阳光下银光闪烁
蜻蜓在微风中荡秋千

它飞机的体型，完好如初
仿若在幽香的荷尖悬停
凑近才发现它干瘪的身躯
早已失去了肉质的柔软
微薄的翅翼透着光
在微风中翔动
此刻，它长长的身体如笛
笛声带着梦想的灵魂在飞
牵扯着我的目光和心

（刊《绿风》2020 年第 2 期）

黎明赐予的美好

旭日，从东方地平线上
弹出了
弦外之音——

哦，这耀眼的光
打开了地球之门
我知道，是这光
照亮了我内心喜欢的事物

像轻风中摇曳
这湖边一丛拂荡一丛的芦苇
吐露着清新与芬芳

像蛙鸣不绝于耳
那田野里一波簇拥一波的秧苗
鼓叨着丰收与希望

这是黎明赐予的美好
是早起人的专属
恕我，独饱私囊

（刊《诗林》2020 年第 2 期）

流　水

流水不腐，清澈如镜
平静辽阔之下，不缓不急
有抑制不住的欢快与从容
这些都是你目光所及
它流得舒畅，也流得沉寂
只有一片水草，在它柔软的怀里
只有一群小鱼，在它柔软的怀里
它们感觉到它生命的律动与抚慰
并展现出它流动的姿态
偶尔也见蜻蜓点水、蛙鸣吟唱
除了这些应景之物
月光有时也舔舐它柔软的身子
可它内心深处的秘密，总秘而不宣
恰如此刻的你，沉默不语
内心隐藏的爱
像深埋炙热的火山，找不到出口

（刊《诗林》2020 年第 2 期）

荷　花

荷花又开在它去年开放的池塘
荷叶碧绿，荷花娇艳
微风吹拂，碧波荡漾
多么让人喜爱，多么让人难忘
以至于每年夏天都令人神往
在池塘边走走，或是站着凝望
它那娇羞的美
还与去年一样
那么迷人，那么销魂
它既不对谁献媚
也不低看谁一眼
只是秋风太凉、冰雪太冷
抵挡不了岁月的煎熬
它容颜殆尽
但它对世界珍藏的爱
会在春风中醒来
会在盛夏里打开
执着，才是它不变的情怀

（刊《安徽文学》2018 年第 4 期）

荷　韵

天空乌云闹腾的脸
被上天用闪电的鞭子
抽打得
号啕大哭

仿若儿时淘气的我
被父亲粗糙的手抽打
被母亲心疼的话语呵护
转眼
又是笑逐颜开

像阳光驱散乌云
照在凝满珍珠的玉盘上
晶莹、闪烁、迷离
风像弹拨玉盘的琴弦
一滴水珠滑落，一阵水珠滑落
像阳光在波动、在歌咏
你陷在温润里，陷在花香里
让人沉醉得忘乎所以

直到一只煽情的青蛙
像跳水运动员
它潜入的身姿溅起的水花
波动了
荷韵平仄的掌声

（刊《安徽文学》2018 年第 4 期）

莲花盛开的季节

莲花盛开的季节
该承载怎样的情愫
为什么每一次去乡间
见到盛开的莲花我都怦然心动
仿佛见到谁年轻时
蓦然回首的羞涩

这也是为什么每年夏天
我都爱到乡间去探寻
那碧绿连天的荷塘
托举一个个圆圆的梦
无端地将我
牵进那片粉红色的回忆

因为心中怀有难以割舍的爱
所以才恋恋不舍这乡间
为什么那红那绿总让我心潮涌动
是因为一段未了的情埋在心间
乡野里一个个熟悉而亲切的身影
多像这荷塘里一朵朵盛开的红莲
身影梦幻出情爱最初的萌动
红莲寄托着今生难以释去的情怀

因此,每当莲花盛开的季节
我总有说不完的话语缠绕心田
面对这尘世无以更改的情缘
我愿做一颗露珠,挂在它眉宇间
饮尽它一生娇艳欲滴的红颜

(刊《安徽文学》2018年第4期)

春风的火焰

春风的火焰一吹
便点燃漫山遍野的渴念
那经久不息的幽蓝
在枝头、在草尖舒展，摇曳，绵延
把大地宽阔的胸怀
烧得烽火连天

我也是偶然这么想的
像葡萄园的枯藤
这冬天冻死的寒骨
被春风的火焰一吹
便烧得热浪朝天

（刊《诗潮》2019 年第 3 期）

河滩上的一块草地

没有树，河滩上的一块草地
匍匐着，熨帖着
像水阳江戴在胸前的
一块碧绿的翡翠

有着少女的低眉和纤纤细指
拥着青春弥漫的气息
和欢乐的舞蹈节奏
她们的梦摇曳着芬芳
她们的步履轻盈婀娜
她们的舞蹈歌声悠扬
这一切，拜风所赐

风啊，你就吹吧
她们不相信眼泪
也不懂得躲让与退缩
只把根深深地扎在土里

柔韧是她们生命的法器
狂风中
她们用从柔到韧的狠劲
高蹈

（刊《诗潮》2019 年第 3 期）

暴 雨 过 后

太阳在汹涌的洪水上闪烁
雨止琴歇，小草在风声中抬起了头

渴望长大的眼睛
晶莹而明亮，目光灼灼

蒲公英啊
像一个乱性的人
被风一喊就走了

它早已忘了
那个在暴雨中奔跑的人
神情一片迷茫

川流的车轮腾起水雾
时光在飞奔
晨钟敲响了暮鼓

一株在雨后被扶起来的玉米
让我分明感受到了
跌倒又爬起来的觉醒

(刊《诗潮》2019 年第 3 期)

一 枝 独 秀

就那么突兀的一枝
在深山的岩石上
清风里，拥着春光
笑

它身旁再没有别的花朵
它只自顾自地开、自顾自地笑
仿若孤芳

但它的美绝对惊艳了春天
但它的俏绝对洋溢着青春

虽然没有被簇拥的感觉
但只要生命燃烧着火焰
不也风流、精彩、耀眼

（刊《诗潮》2019 年第 3 期）

陌生的力量

烦请你帮我把那把尺子拿一下
替我做装潢的师傅
看我在旁边站着
他这样使唤我

过了一会儿
他又说
烦请你帮我把那卷胶带拿一下

我竟无可反驳地
一次又一次
听他使唤

而于我
我的亲人也未曾这样使唤过我
这让我感到了
陌生的力量

(刊《诗潮》2019 年第 3 期)

倒 挂 丁 钩

一棵树在绝壁上玩杂耍
——倒挂丁钩
它就不怕掉进深渊里
它就不怕石头一松手
让它栽跟头
它向下俯冲的样子
像只鹰
它活得多么不易
多像吊在幕墙上的蜘蛛工

它给绝壁增色
薄雾里像一位披着轻纱的飞天
它让风有了飞舞的姿态
它开着花，像吐露的心思
迷恋了多少赞美与钟爱的目光

美总让人执着与追求
它纵身处绝壁
也有蜜蜂和蝴蝶的影子
在它温柔馥郁的怀里
荡秋千

（刊《绿风诗刊》2018 年第 2 期）

飞翔的蝈蝈

是雕琢的一块翡翠，在飞
是一道绿色的闪电
一闪，拂动茵茵草地

是一种簇新的想象，在飞
飞翔的梦
承载多少祈望

唧，唧，唧。琴弦弹拨的声音
在飞。飞过阳光，飞过草地
那稳都稳不住身体的草茎
在晃

在翻飞的思绪里
芬芳在弥漫，在四溢
那只飞翔的蝈蝈
牵着我的目光与心
神驰，沉醉在茵茵草地

（刊《绿风诗刊》2018 年第 2 期）

环　湖

草木葱茏，花果溢香
尘世的美环湖而居，环湖
而散。只有盛满天空、云彩的湖水
涤荡历史，时光与梦想的思绪

环湖。人流，车流
风吹，浪涌，灯闪
一片缤纷迷人的景致

你沿着湖走，不疾不徐
有时在广场上溜达
有时在浓荫下闲坐
有时看小船凌波
有时看鸟雀翔鸣
拥着流逝的时光
在晚风中，在灯影里

满目，簇拥你的有银杏、香樟
有桃花、樱花、紫薇、石榴
有人间的闲适与安逸，也有
对美的关注与爱恋
存一己之私、一己之念
你习惯了来了走、走了来
像花开花落，像四季往复
自然而然，自得其乐

（刊《绿风诗刊》2018 年第 2 期）

小 溪

小溪在山谷间流淌
它多像一根银绳
被大山抓在手里
放飞着
山下水库
这只晶亮的风筝

（刊《海燕》2019 年第 11 期）

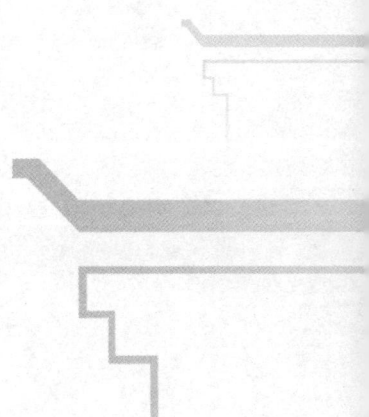

草　　原

黎明扔出太阳这块大石头
把天空这只碗砸碎了
星星，坠了一地

（刊《海燕》2019 年第 11 期）

流 沙 山

多美的一幅画
跃入眼帘
是风这只手
在大自然这张纸上
匠心独运

(刊《海燕》2019 年第 11 期)

猫 儿 山

我站在猫儿山峰顶
海拔不到 3000 米
可它是华南之巅
这回
我算是出人头地了

(刊《海燕》2019 年第 11 期)

峡　谷

峡谷，总有隐匿的泉水叮咚
这爱的琴弦，弹奏迷人的天籁之音

每当入夜，我的梦想之手
贪欲横流，蓄满潜入峡谷的冲动

(刊《海燕》2019 年第 11 期)

荷　塘

村前的那口池塘
不知是谁
种了一塘的藕

每到夏天
我说是来乡下看荷花
其实是来看你

出水的芙蓉
溢满你的体香

（刊《海燕》2019 年第 11 期）

敬 亭 山

走到山脚下
你总爱抬头看看山顶

再往里走
杜鹃花就会笑脸相邀
独坐楼就会开怀相迎

相思泉边卧躺的那个人
被情所困
却总缄默不语

如果你想起一首诗
那个人
仿佛真的坐了起来

(刊《海燕》2019 年第 11 期)

鹰

一道黑色的闪电，划过天空
天籁的琴声，悠扬
心头泛起无限往事

草原牧放的牛羊，珍珠撒落
盈耳的少女与歌声
天空盘旋的鹰
牵出了暮色里的炊烟

海子明澈闪亮的眼睛里
落下一滴墨

入夜，鹰不在天空
黑色的幽灵
被闪电，摁在了峭壁上

（刊《海燕》2019 年第 11 期）

雨　后

雨停了
太阳从云缝里露出来
荷叶上的珍珠晶莹闪烁
这透明的爱
映照着四野
在玉盘里滚动，但不会掉下来

我看见风轻轻吹动荷叶
让清香的气息一缕一缕溢出来
那朵刚刚吐蕊的荷花仙子
像沐浴后的新娘，超凡脱俗
醉了我的心，勾了我的魂

哦，我在雨后的田野散步
那一声接一声的蛙鸣
喊出了我心中的畅快

（刊《作家天地》2019 年第 8 期）

捕捉一只蜻蜓

蹑手蹑脚
我悄悄地靠近荷塘里的那朵荷花
再近一点
我就可以捕捉
荷花顶尖悬停的那只蜻蜓
这极致的美，我只能用想象
去捕捉。不比童年时光
我亲手捕捉过一只
悬停在荷尖上的蜻蜓
那喜悦，一直萦绕在我心头
她那么美地
悬停在我的心尖
像梦中的思念
透着甜

（刊《作家天地》2019 年第 8 期）

草垛上的雪

雪也晓得坏
喜欢落在草垛上
干净、舒适、抢眼

落在草垛上的雪
像小时候大老爷扎的头巾
或戴的棉帽
它把乡村的往事
一件一件拽出来
像有人蹲在雪地里捕麻雀
或在雪地里堆雪人
还有打雪仗什么的

一场大雪落下来
一夜之间，乡村就白了
草垛上的雪
就像早起的大老爷
蹲在墙角边
晒太阳

(刊《作家天地》2019 年第 8 期)

白　鸽

不像鹰，它小而白
仿佛爱的精灵

每天早晨在教堂的广场上
从屋顶飞到地面，从地面飞到屋顶
绕着教堂飞

仿佛神的恩赐与点化
洁白的羽毛闪着柔美的光
它的吟唱，是人间的天籁
我把它捧在手心
仿佛捧着欢乐
放飞着爱的信息

（刊《作家天地》2019 年第 8 期）

蜻　蜓

蜻蜓多情
它常常抱着荷尖
一吻就是半天

它不慌不忙，静听花开
它忽一下扇左翼，忽一下扇右翼
当它翘起了尾巴
一场婚礼就在阳光下举行
荷塘的碧波是馨香的
蜻蜓点水，一波一波
爱，荡起了涟漪

每次都是：蜻蜓在飞
荷花站在那轻轻招手
就像那个站在村口的人
向他招手了无数次

（刊《作家天地》2019 年第 8 期）

棉 桃 开 了

棉桃开了
将午后的阳光染得耀眼
像是夜晚满天的星星
又像是雪落枝头
或是白云飘落
母亲在田里摘棉
棉花淹没了她的白发
她渺小如一朵棉花
每次看她摘棉
我心里总涌起无限往事
我想起她纺棉
想起她做棉衣、做棉鞋
这些如烟的往事
像棉花一样柔软、干净、洁白
这记忆里的暖
像一盏灯
点亮我原本暗淡的人生

（刊《作家天地》2019 年第 8 期）

豹

猛扑。从静到动的出击
然后狂奔，四蹄生风
大地被撕开一道口子
狼烟四起

追逐。逃脱。生与死的较量
张开的是血盆大口
怅然的是一声叹息

窥伺是它的法器
一旦谁落入了它布控的视野
死亡的速度迅雷不及掩耳

豹，主宰大地的王
以静制动的思想家、智者
战胜它的唯有它自己

豹，给人的视觉冲击
撼人心魄
速度与力的诠释
超然极致

（刊《作家天地》2019 年第 8 期）

八　月

八，是眉宇间洋溢的成熟的气息
月，是乡村夜晚悠闲的宁静

一颗心已不再火热火燎
一阵风已透出秋的凉意

在乡野，我被瓜果流溢的芬芳包裹
有一种陶醉的感觉

爱啊，我已不再是做梦的年龄
却为何仍对你一往情深

像林间泛着红润的苹果
又让我梦一样，想起了谁

（刊《作家天地》2019 年第 8 期）

萤 火 虫

夏夜无眠。晚风习习吹拂
旷野的寂静无边
道路两旁的庄稼和
池塘边的草丛芳香四溢
你这个夜晚的享福人
聆听着大地起伏的心跳

晶莹、明亮、细碎的光闪烁
池塘边那蓬茂密的蒿草
像一件缀满珍珠的婚纱
又像是夜的皇冠

水面上，那扇动翅膀飞翔的一只
像闪电
它把水中的月亮和繁星
以及整个夜晚的寂静
一闪一闪地
驮在它微弱的亮光上飞

（刊《万峰湖》2019 年第 3 期）

一条闲置河边的船

一条闲置河边的船
好像从来就没有闲过

它总是在较劲
不是在与船下的流水较劲
就是在与拴牢它的绳索较劲
有时风也不省事
吹得它荡呀荡、晃呀晃

太阳照着它斑驳的脸
它铁青着
月亮轻抚它苍老的神态
它沉默无言

只有风平浪静的时候
它自己抱着自己的影子
感慨——
岁月是一条流淌的河
时间是留不住的过往

（刊《万峰湖》2019 年第 3 期）

幸福的吟唱

翻滚的乌云
不过是上帝放了一下烟幕弹
仿若障眼法

闪电是他眨了一下眼
窥视人间

雷声是杆秤
用振聋发聩的威慑
试探人心的善恶

只有那哗啦哗啦的雨声
才是人间幸福的弹唱

(刊《万峰湖》2019 年第 3 期)

白鹭飞离水面

单腿着地的白鹭
把头盘进翅膀里
在小河边做梦

一梦惊醒的时候
它用双脚蹬了一下水面
展开翅膀飞翔
带起的水花
在落

白鹭飞离水面的时候
整条小河好像被它蹬了一下
往后退一步

水面荡起的涟漪
像是被抓出的伤痕
在风的抚摸下
渐渐恢复了平静

小河是故乡的母亲
她还在怀抱着小鱼
在等白鹭归来

（刊《鸭绿江·华夏诗歌》2020 年第 3 期）

偶　　见

那天黄昏，我在小河边散步
看见一条水蛇在逮一只青蛙
水蛇快速地摆动着尾巴
青蛙扎下了一个猛子
它们像是玩游戏
惹得我着迷
最后它们都相安无事
水蛇有捕获的冲动
青蛙有躲避的技巧
这是上苍的赋予，万物各有其能
我也感恩这次偶见
让我不带一点惊怵
坦然地走在返回的路上

（刊《鸭绿江·华夏诗歌》2020 年第 3 期）

端午的河滩

端午的河滩，水草茂盛
牛在河滩上吃草，偶尔哼一声
一群飞来的白鹭
像一场落下来的雪
有的落在了牛背上
有的覆盖了草地

河滩像一幅画
被牛背上的白鹭点睛
它引颈伸向夕阳
啄破晚霞的火焰
融化了草地上的落雪
一群起飞的白鹭
渐渐隐进了暮色

（刊《鸭绿江·华夏诗歌》2020 年第 3 期）

鲜花开满两岸

一条小河分开两岸
清澈流淌的河水
溅出故乡的欢笑

秋天，簇拥两岸的野菊
抑制不住内心的激动
张开笑脸
笑得汹涌，笑得烂漫
蜂拥着爱的火焰

桨声划动的小船
从童话里摇出
像梦，却是眼前的画面

鲜花开满两岸
缕缕飘逸的香气里
摇橹的
是人，还是仙

落日的余晖里
我枕着桨声
倚在故乡酥柔的怀里
悄然入眠

（刊《文学世界》2020 年第 6 期）

旷野里的乌桕树

旷野里的乌桕树
被秋天灿烂的阳光梳妆
多像被爱她的人搂在怀里
露出了舒心的笑容

风一吹
她就兴奋得像凤凰
抖动着美丽的翅膀
她幸福的眼神
醉人心魂

（刊《文学世界》2020 年第 6 期）

河边的翠竹林

河水清澈如镜，照得见
天空飘飞的白云和翠竹的影子
翠竹长在岸边
像心怀若谷的人
举着高风亮节的旗语

风吹竹林如琴，纤手般弹奏的竹枝
铺展无尽的馨香与温柔
爱啊，总是这般唇齿相依
相得益彰。你看——
河水流河水的，却将翠竹滋养
翠竹长翠竹的，却将河水守望

(刊《习水文学》2020 年第 1 期)

大地上的谷物

是阳光、雨露、空气和时令
把它们从大地的怀里牵扯出来
竖着两只机灵倾听的耳朵
挺着纤细娇柔的腰
风抚摸着它们鲜嫩可爱的脸
它们张望的眼睛，含情脉脉
它们舞动的青春汹涌着海
它们给大地披上了锦绣

我们在春天的怀抱里徜徉
在花海涌动的激情里畅想
它们勃发出一望无际的生命力量
营造出蝶飞蜂舞的辽阔婚床
让爱有了滋生蔓延的时尚

我们站在大地上
拿着锄头或手握银镰
每躬一次身
都是对大地一次虔诚的顶礼
每淌一滴汗
都流露出一次收获黄金的欢畅

（刊《习水文学》2020 年第 1 期）

初夏的菜园地

初夏，母亲用细竹搭的人字架
站在了菜园地
那些喜欢攀爬的植物就有了依靠
黄瓜爬，豇豆爬，瓠子爬，丝瓜爬
它们给人字架穿上了锦袍
挂起了绿色的飞瀑
黄瓜开黄花，豇豆开紫花，瓠子开白花
丝瓜吹喇叭，一旁的辣椒放鞭炮，茄子敲鼓
它们让初夏的菜园地绚烂缤纷
新鲜的瓜果遍地，形态各异
蜂飞蝶舞，热闹非凡，馨香四溢
惹得我这个城里归来的人
忍不住像小时候，在菜架子上摘下一条黄瓜
洗都没洗，在袖子上擦一擦
一口，就咬出了童年的清脆与记忆

（刊《习水文学》2020 年第 1 期）

新　麦

河边的田地里，新麦又在抽穗
你一脚踏入麦地，扑鼻的清香如乳
仿若母亲把你搂在怀里
你有吮不尽的缕缕奶香

每当这个时候，你都要到田间走走
在河边的柳树上折枝
编帽或吹哨
都是你的拿手好戏
活脱出一段乡野岁月

忘不掉戴上那顶柳帽
你躲进童年的麦田里
让挖野菜的妹妹找不着你
急得她哇哇大哭，喊着找哥
用手抹眼泪

（刊《习水文学》2020 年第 1 期）

荷　花

盛夏流火的时光里
微风掠过一丝清凉
街上飘动的红裙子像火焰
闪烁的美，灼烧激情
这让我想起荷花
是情不自禁的事
它的美，端坐在碧波中
它内心散发的无边的香气
在天地间弥漫
似梦非梦地将我捕获
像是一次偶然的邂逅
又像是命中注定的等候
从城市广场的花草搜寻
那城池中醒目的睡莲
像爱的倾诉，打开我的心扉
让我内心的血液澎湃
我是个容易眩晕的人
不适合在夏天抒情
而此时我想起荷花
那是乡野中的一段经历
那持久弥香的魅惑
像夜晚闪烁的星辰，正披着月光
摇曳在如水的梦境里

（刊《习水文学》2020 年第 1 期）

一棵枯死的树

盛夏葱绿的树林里
一棵枯死的树
金黄、灿烂、耀眼
火一样燃烧
可在巡山人的眼里
它就是整片树林的一种病
一颗硕大的毒瘤
只见他从腰后抽出弯刀
在枯树的根部，一刀一刀地砍
他每砍一下，枯树就要哆嗦一下
仿佛喊出了树林的痛
直到他把枯树砍倒了
拖出了树林
整片树林好像一下子
全绿了
仿若树林从来没有病过

（刊《习水文学》2020 年第 1 期）

梨　花

我一直不敢面对梨花
这是我埋在心中的隐痛
梨花像一种寓意
总让我想起一个人
母亲离开时
梨花开得洁白如雪，铺天盖地
母亲出殡时
就穿过了这片梨花林
母亲的坟头
就在梨花林的后头
这么多年来，我一看见这片梨花就泪流
我这个不孝儿孙
是这片梨花替我披麻戴孝
它们始终守在母亲的坟头

（刊《习水文学》2020 年第 1 期）

盛夏里绽放的三角梅

盛夏里绽放的三角梅
浓艳、光鲜、熠熠生辉
炎炎烈日如火上浇油
将凝望者的目光
灼痛，烫伤

一阵雨后
这群出浴的仙子
凝脂如玉，娇艳欲滴
风一吹，她们集体舞蹈
如霞飘逸，如浪汹涌
间或，她们像展开了翅膀
在风中，扇动着飞翔的欲望

我是被她们的美所吸引、所迷醉
放下生活沉重的负担
我要让尘封的灵魂
接受她们绚烂与快乐的洗礼
从此，做一个风风火火的人

（刊《习水文学》2020 年第 1 期）

刺 桐 花

真正让人过目难忘的美
都带刺
像刺玫瑰、刺桐花

刺桐花的红，嫣红，嫣红
一见，就红到了人的心里去
像一团燃烧的火
扑不灭的爱

刺桐花在春风中摇曳
在阳光下闪烁
那嫣红，我怕再也没有谁
能超过它妖娆的青春与容颜

就像她的美，带刺
她给我爱的伤害
比刺桐花，还深

（刊《习水文学》2020 年第 1 期）

凌霄花

藤蔓爬满围墙、栅栏
在风中晃动腰肢、触须
葱绿满眼，溢香
让喧嚣的红尘静下来、软下来
仿若谁攀附耳旁
小口轻吐：我爱

美不胜收是心欢的赞许
一只蝴蝶在空中翩飞，盘旋
它瞄准了它爱的那朵
轻轻落下翅膀
阳光照亮了这爱的迷醉与芬芳
那朵在空中轻颤的花蕾
将开未开，欲言又止
像我心中久藏的那个谜团
至今尚未吐露

（刊《习水文学》2020 年第 1 期）

河滩上的野草丛

河滩上的野草丛
总是一丛一丛的，散落在河滩上
它们有的大一些，有的小一些
但它们都抱得紧，像一家人那么亲

它们在风中都伸着细长的手
老的、小的都是。它们够太阳
够月亮，也够星星
它们有时相互抚摸，有时也相互推拉
但一静下来，还是一家人那么亲

每次我从它们身边经过
我都会被它们亲密无间的拥抱所吸引
它们让我想起我的小山村，邻里和睦
每户三五人家，坐落在山脚下

我们同饮一河水
既分离，又亲密
同顶一片蓝天，和谐又安宁
我们见面相互打招呼的样子
就是跟它们风中挥手学的

（刊《习水文学》2020 年第 1 期）

栅栏上盛开的凌霄花

晨光中，我遇见了栅栏上盛开的凌霄花
我们凝目，对望，相互吸引
像青春美丽的邂逅
我们交换了彼此爱恋的目光

仿佛我是它命中的蜜蜂
是它的阳光和雨露
是它注定的期待与等候

互望时，看着看着
我就沉迷于它娇艳的色泽与醉人的花香
倾情中，看着看着
我就迈不开人生远行的脚步

像是梦。它用枝叶与藤蔓
编织出情感燃烧的火焰
我无端地陷入
捡拾到一段温馨而浪漫的爱

（刊《习水文学》2020 年第 1 期）

悬崖上的一棵树

总是横空出世
做飞翔状
枝枝叶叶都是飞翔的蝴蝶
梦一样飞翔

悬崖上的一棵树
命中就是苦累的模样
横着生，竖着长
像残疾人，揪着行人的目光

悬崖上的那棵树
栉着风，沐着雨，顶着光
该开花开花，该结果结果
它把希望和美好
寄托在下一辈身上

多少怀揣疼痛的人
不都这么想

(刊《习水文学》2020 年第 1 期)

酸涩的野柿子

老远就吸人眼球的
火红火红的野柿子
像真玛瑙

看见野柿子
你就会自然而然地
想起家柿子

想起门前挂着的红灯笼
和灯笼下火热的生活

真玛瑙似的野柿子的根
往往落脚在山坡最陡峭的悬崖

真玛瑙似的野柿子
总是垂钓人的贪恋

被野柿子深吻的那一口
初恋般，酸涩，难忘而甜

（刊《习水文学》2020 年第 1 期）

行道树上的合欢花

盛夏的炎热里
撑起浓荫如凉的伞
树叶像羽毛，张开腾飞的翅膀
开了花的合欢树像孔雀开屏
惊艳了行人的目光

它紫红色的云在翻飞
刮起了爱的风暴
它心中的雷霆在炸响
它闪电的火焰在明灭
它馥郁的馨香在弥漫
那一刻，它美丽而沉醉

这头顶飘浮的祥云，放牧着爱
合欢，多好听的名字
只一声轻唤
它就像情感的导火索
无端地，从内心
爆发缕缕相思的火焰

（刊《习水文学》2020 年第 1 期）

蒲 公 英

扯一株蒲公英
仰面朝天
吸口气，吹
那么多爱的种子
小精灵般，飞

风给它们插上飞翔的翅膀
那么多飘飞的小精灵
满天飞呀，飞
多像童年的小伙伴
在如茵的草地上四散，飞

这把我带回到童年
故乡葱郁的草地上
星星一样闪烁着
一朵朵晶莹的小白花

（刊《习水文学》2020 年第 1 期）

蝴蝶扇动翅膀

蝴蝶扇动翅膀，在一朵花上扇动风
花朵在风中摇曳，吐露芬芳
是蝴蝶扇动了花的美
还是花凸显了蝴蝶的轻灵与优雅

蝴蝶扇动翅膀，扇动着她对美的向往
蝴蝶只为花歌唱，为春天增光
她让美爱上美，让美绽放翅膀
她在流逝的时间里，让爱熠熠生辉

蝴蝶扇动翅膀，像爱划着心帆的双桨
阳光照亮了岁月的河流
微风吹开了心的天窗
春天打开的花朵，都是她爱的婚床

（刊《创世纪》2020 年 6 月夏季号）

一只白鹭在暮色里飞

一只白鹭在暮色里飞
我在江边漫步
白鹭在我的眼里飞，在我的心里飞
其实白鹭与我一点儿关系都没有
它却牵扯出我内心的无限爱意

白鹭扇动的翅膀真美
白鹭翩飞的弧线真美
白鹭风中平衡的姿态真美
白鹭空中的吟唱真美
美，掏空了我心中的感慨

白鹭在暮色里飞，在风里飞
白鹭在霞光里飞，在波涛上飞
白鹭落在树梢上，白鹭落在江边
白鹭落在我的心里，像江水荡起了涟漪

白鹭在暮色里飞，我在心里拷问
白鹭的飞，与我的漫步
是不是一样的闲愁、无趣
我是把饭后散步当作消磨时间的颓废
白鹭的飞，又该是怎样的缘由

一只白鹭在暮色里飞
我在江边漫步
它的孤独放大了我的孤独
两个同病相怜的人
在各自回家的路上，互不相扰
无声地被夜色淹没

（刊《创世纪》2020 年 6 月夏季号）

雪　野

身边的树枝穿雪衣
远处的群山戴雪帽
一条觅食的野狗
留下一串生活的问号

雪野苍茫，村口的菜地里
谁抠走了白菜，残泥落在雪上

厚厚的雪，盖在一望无际的麦田上
厚厚的雪，让大地闪银光

苍茫的雪啊，望不到边
只有寒风里的蜡梅精神抖擞
几点红唇，跃然纸上

几只觅食的麻雀
蹦蹦跳跳
像一块偌大的雪饼
撒满黑芝麻

村庄在阳光的怀里，被温暖照亮
流淌的小河，将岁月的记忆珍藏

雪野苍茫，我伫立着张望
夕阳掉进冰河里
溅不起一丝波浪，雪闪着光

（刊《创世纪》2020 年 6 月夏季号）

爱 之 思

袭人的芳香

空中是谁用一双纤细聪慧的巧手
在精心编织大地的锦绣

小草和鲜花，随风摇曳
都在春天的舞台上崭露头角

河边那块草滩从睡梦中惊醒
一夜之间缀满了星星的露珠

空中闪电的鞭子，在牧羊
那个戴羊角帽的汉子嘴哼小曲

艳阳下残雪消融
土地湿润，河水上涨
爱美的人们又按捺不住
尽情吮吸那袭人的芳香

（刊《人民日报（海外版）》2019 年 9 月 19 日）

海，站了起来

海，站了起来
狂风把浪涛抛向天空
奏起了生命不羁的交响

海，站了起来
浪花勾着了星星，勾着了月亮
那是梦，在畅想

海，站了起来
那是浪的吼叫，在闪光
混沌了天，混沌了地
还原了大海最初的模样

海，站了起来
月亮引起了潮汐
爱，唤醒了思念

（刊《人民文学》2019 年第 12 期）

放牧羊群的人

恐怕世界上最悠闲的工作
莫过于放牧羊群
他神仙一样
怀抱皮鞭
在草地上晃过来、晃过去
甚至可以用脚
踢飞一块小石头

他随时都可以找一块草地坐下来
甚至躺下来
看鹰在天空中飞，看白云在天空中飘
他眯一会儿眼睛
就沉入草原温馨馥郁的梦

他就迷恋西天的那一把火
燃烧了夕阳
他抽动的鞭子抽起了炊烟
晚风中他哼起了爱的歌谣
草原上有一个他心爱的姑娘

（刊《中国作家》2019 年第 1 期）

散　步

当我们在月光下的小路上散步的时候
我们知道，有些事只能发生在散步之外

我们知道，在我们无法知晓的地方
发生着一些你无法知晓的事情
譬如，他们已从散步的程序
走到了生活与爱的深处

当我们再次相逢，我们都心照不宣
我们知道事情的结果
却无须知晓发生的原因

我们知道，夜晚为什么霓虹闪烁
那么多无家可归的灵魂
在游荡，在寻觅
却一直不能尘埃落定

当我们在漫漫旅途中渐渐觉醒
那病入骨髓的痛
再也无法从生活的角落中剔除

（刊《中国作家》2019 年第 1 期）

蚊　香

一觉醒来，我发现蚊香
还在那袅绕着芬芳
只是昨夜，我未曾听见蚊子的歌唱
我不知道，我睡熟以后
做了怎样的美梦
它又是怎样孤寂地燃烧
缩短的生命里
听不见蚊子的歌唱
它该是怎样的悲伤，或无意义
就像我在等候你的夜晚
纵使香气盈身
也听不见你悄悄走到我房前
触碰我心灵震颤的脚步声

（刊《中国作家》2019 年第 1 期）

写在了灰里

记得小时候，你用一块带尖的
石头，在场地的一角
在细的泛白的灰土上
反复、不停地抒写着什么
那灰里显出的字，醒目，又熟悉
像什么人，又像什么事
你不停地抹去，又重写
流露出你心中不为人知的秘密
那些字带着你的欢愉飞翔
使你的一点小心思呼之欲出
那不停抹去，又重写的字
在你的心中翻腾着、汹涌着
像抑不住的激情
直到傍晚，暮色苍茫，晚风吹拂
你才被村口急切的呼声唤醒
你不知道，你在那坐了多久
你好像在那个下午
把你年少时想说的话
一辈子想说的话
一下子都写完了
那抹不去的记忆
都写在了灰里，埋在了灰里

(刊《上海文学》2019 年第 9 期)

春雨绣花针

昨夜敲窗的
像是谁的纤手
雨声风声抚琴
美在孕育，在脱胎换骨
在庭院的一棵桃树上
变魔术
细雨如针
在铁枝上，绣花
她们从昨夜的风雨中赶来
惊醒了春梦
早晨推窗
抬望眼，伸出手
就能捧着一张桃花的脸
嗅着爱的芳香

（刊《诗潮》2020 年第 10 期）

月 夜 独 坐

多少年了，总爱在月夜独坐

夜空里的那只孤雁
叫声凄惨
温柔的月光也置若罔闻
寂静在寂静里滋生

月光如水的清凉里
我是岸边那只划不走的孤舟

要是你来
我的心空
将升起圆月之美

（刊《扬子江》2020 年第 3 期）

遇　见

薄暮时分，一只白鹭
单腿站立在河边
把头埋进羽翼里
一动不动
只有偶尔吹过的风
掀动它的羽毛
闪烁着美
如果我不是闲逛
来到这河边
如果不是在这落日的余晖里
拥有这寂静
我就无法遇见
这令人心动的美
就像那个蓦然闯进我心中的女孩
我也是在无意中
遇见的

（刊《江南诗》2018 年第 4 期）

垂　柳

江南的池塘边、湖边
春天最美的是垂柳
它沿着池塘走，围着湖转
它有风的飘逸、云的蓬松
它倒映在水面，那美
如丝，如浪，如扣
它把根扎在泥土里
伸进池塘里、湖里
胡须似的沧桑
展露生命的不屈与顽强
风一吹，它就飘
把绿色的旗帜舒展在
春天里，晴空下
晨露与风雨中
它挂着晶莹的泪
凝满爱与思的执着

（刊《江南诗》2018 年第 4 期）

那 晚

竹影婆娑摇曳
乡村的小路一溜烟
拐了进去
月光如水，轻如纱
笼罩着寂静无声的旷野

风吹，叶如语，竹如语，林如语
你我，心如诉，情如诉，爱如诉

月光如水，轻如纱
你我都在编织的梦里
可那晚什么也未曾发生
你我心知肚明
那晚我们虚掩着的门
单等对方推门而入

(刊《安徽文学》2019 年第 8 期)

那个有月光的夜晚

那个有月光的夜晚
田间的紫云英开得温馨浪漫
那些把大地当婚床的人
拥抱着月亮一样光鲜的脸

像玩捉迷藏
月光深处
总有屏住的呼吸
隐藏着内心的雷霆

一只鸟在月光中归巢
它扑腾的翅膀仿佛爱的歌唱
我承认，我这个掏鸟蛋的罪人
却把无数美好的事物印记在心上

（刊《安徽文学》2019 年第 8 期）

葡 萄 架 下

幽静的庭院，葡萄架
撑出盛夏一片荫凉
相戏的狗，捕蜂捉蝶
轻风拂过，弥漫一种醉人的馨香

这是乡村幸福的人家
月光下，依偎纳凉的影子
指着藤梢那串熟透的果儿
悄声说，这葡萄
想吃吗

这葡萄，多像她嘟着的嘴
凑近他
就等他，吮

（刊《红豆》2018 年第 12 期）

小 公 主

没想到
我们今天还能坐在一起叙叙旧
这就够了
我的小公主
我在河边抽毛尖都舍不得吃
偷偷塞你手里的小公主
现在我们都老了
村里的那间矮土房
我们已回不去了
你是鸡窝里飞出的金凤凰
我这个土鳖
不配
但如烟的往事撩人
如今，我们还能坐在一起叙旧
这就够了
像了却一桩心愿
也不枉我一生对你的挂念

（刊《红豆》2018 年第 12 期）

艳　遇

这林中的小路
仿佛为爱而设
那枝头的香雪海
芬芳四溢
置身其间
风，吹不吹
你的身心，都被这爱的气息
浸染

这些花，仿佛是月光的替身
夜色里，那么白，那么亮
那似水的感觉
仿佛目光盈身
像吻
拂过你全身

像是命中注定
这段情
是躲不掉的
花海盈香
置身这林中小路
蝴蝶扇动的翅膀
点燃爱的火焰

（刊《红豆》2018 年第 12 期）

坐在故乡的小河边

坐在故乡的小河边
夜色如垂幕
我无法告诉你
满天繁星
是如何映照河水的波涛
风吹草动，四溢的清香里
我无法告诉你，我想写首诗
故事的主人翁，早已远走他乡
至今杳无音讯
就像今夜，你不在身边
我想写的那首诗
很多温馨的话语
只字未提

（刊《红豆》2018 年第 12 期）

心　曲

迷恋一个人
不遮不掩该多好
就像在春天，爱桃花
爱杏花，爱樱花
都随你

蜜蜂也是。有的钻进桃林
有的钻进杏林，蝴蝶也扇起了翅膀
作为花，它不招蜂引蝶
它那么用心开着
干吗

春水也是。风一吹
它就荡漾。扔一块石子
它也圈起涟漪
哦，在春天的怀抱里
爱，无处不在

迷恋一个人
爱的音符盈满整个心空

（刊《红豆》2018 年第 12 期）

桃花总那么艳

桃花开一朵就那么艳
开一树，更艳
阳光明媚
闪烁的桃花艳如海
一阵雨后
凝露的桃花鲜艳欲滴
这容颜，临水梳妆
她也晓得自己，有点妖
但她内心向善
不辜负那个采蜜的人
愿为他结果

(刊《红豆》2018 年第 12 期)

月光下的夜晚

我们来到小河边，坐在草地上
垂柳婆娑着月影，荡清波

夜晚月色朦胧，风轻柔
枝头归巢的小鸟，在细语

对岸不远的小村庄沉入梦
人间总有许多事鲜为人知

我们坐在草地上依偎不说话
心里像明镜似的

你不想先开口，我也是
这样静静地依偎着够幸福

月亮照着，风吹着
虫吟的琴声充满祝福

两颗融化了的心
让爱的蜜，在流，在淌

要知道，这尘世小小的福报
都是前世结好的缘

（刊《鸭绿江·华夏诗歌》2020 年第 3 期）

泳，在西山水库

一头扎进荒郊的水库，浑身沁凉
水面阳光闪烁，晶莹耀眼
水底，鱼儿轻触，柔而痒

山坡上那个放羊的姑娘
目光清纯，羞涩
见我看她，便转过脸去

像那阵回头风
她借看飘飞的云朵
又把目光落到我的身上

（刊《海燕》2019 年第 11 期）

退 休 帖

退休了，没事干了
我们怎么办
没什么，亲爱的
我带你回老家，到乡下去
那儿有爸妈留给我们的老屋
还有屋后面的一块菜园地
老屋大着呢，有厨房，有堂屋，有卧室
屋外还有一个小院子
没事，我们就坐在屋里看电视
或坐在院子里晒太阳、乘凉都行
屋后的那块菜园地
你想种什么种什么
种萝卜、种白菜都依你
现在的乡村可好了
到处都是水泥路
到处都是惹人喜爱的庄稼
到处都绿树成荫
你要是愿意
我就陪你到小路上走走
要是在夜晚
我陪你看月亮、数星星
没准还能找回我们初恋的感觉
我们这样相伴终生
这就够了
如果我死了
你也不要流泪
你就挨着爸妈的坟墓
把我埋了
等到有一天

你也死了
我们就在土地里圆梦
你挨着我，我挨着你
我们一家人在一起
再也不分离

（刊《星河》2020 年立春·夏至卷）

花开的夜晚

昨晚的一朵花
开在草地上的，是温馨的那一朵
开在枝头上的
燃烧着的，溢着香的，风中摇曳的
太美了
像梦的虚幻

月光下，拥吻是多么自然而然的事
恰巧被我撞见
我也不由自主地沉醉
像你依在我身边
像一朵花开

被季节更替的都已恢复原貌
一切修旧如新
我们被点亮的目光
又一次沸腾了心中年轻的血液
为重修旧好，或再觅新欢
春天捧出无处不在的美，或爱的吟哦

（刊《创世纪》2020 年 6 月夏季号）

睡　莲

钻出淤泥沉闷的软床
冲出覆水封锁的围堵
探出水面的头，见了天

贴着水面的叶，铺展清新
铺展翠绿，铺展美
随风微漾，荡起圈圈涟漪

举起的小拳头，像剑，也像戈
用欢乐，张开笑脸

出水的芙蓉，沐着细雨的轻纱
抑或沐着淡淡的月光
像极了我梦中的新娘
她嫣然一笑，百媚千娇
把我的魂，一下子勾没了
让我呆呆地站在那
看着，发傻

（刊《创世纪》2020 年 6 月夏季号）

春　恋

江南三月渐暖的天气，大地开始发情
从一块田到另一块田，小麦开始返青
油菜开始含苞，到处生机盎然
生怕在一阵风里，一场雨里
误了春光，负了青春

那个扛着锄头在田埂上逡巡的老农
被春光洗了脸
他脸上被岁月雕刻的皱纹，条理清晰
他手里点着的那根烟
吐出了对冬天寒冷的怨气

河边洗衣的婶子，互拉家常
她们温柔而清脆的嗓音随风飘散
她们上下翻飞的棒槌，敲打出了小河的欢乐
她们在水中摇曳的倒影
波动了春天多姿多彩的美丽

我一个返乡之人，依在故乡馨香的怀里
充满深情、眷恋，追忆与怀思
在泥土芳香的抚慰里，我心里的河水
开始满溢，情感开始灼烧

（刊《创世纪》2020 年 6 月夏季号）

阳 光 草 地

这阳光，这坡地，这清香
这枯草绵延的大地的肌肤
这冬天温暖的床

只要能在上面静静地躺一会儿
嗅着阳光草地的芬芳
你便是有福的人、悠闲的人

一个下午我躺在阳光草地
被阳光的手抚慰，被风抚慰
心里的暖小河一样流淌

也就在这梦里
时光中虚度的我
心无牵挂，却爱有所恋

（刊《创世纪》2020 年 6 月夏季号）

喜鹊飞过春天

晨光里，小路上一个挑担子的人
肩膀上的扁担，一闪一闪
在叽昂、叽昂地叫
一声高，一声低

天空中飞翔的喜鹊
也在一声一声、叽叽喳喳地叫
一声快，一声慢
翅膀划出一道美丽的弧线

这是春天播种的时节
这山村里的叫声
一下把人们的目光带到天上
一下把人们的目光带到乡间的小路上

目光所见，无论是枝头的鸟巢
还是乡村的田野
都有播下的种子
在发芽，在孕育
悄无声息地唤醒了爱

（刊《海宁潮》2020 年第 2 期）

冬 葫 芦

冬天一片凄惨的景象
落光树叶的枝条上
缠着几根麻绳般的枯藤
几只干瘪的冬葫芦悬垂着
像一只只锤，锤打着天空中的寒风
在葫芦的寓意里
我想起她带给我们的欢愉
以及她美好的过往
只是眼前，她干瘪的身体
多像操劳佝偻的母亲
她怀揣的籽粒
仿若母亲庇护腹中的胎儿
风吹来，她摇晃的样子
让我想起当初怀孕的妻子
挺着肚子，骄傲地
在我面前，晃过来、晃过去

（刊《海宁潮》2020 年第 2 期）

情之深

走在通往山坡的小路上

走在通往山坡的小路上
不用指
这路我熟
那么多坟墓挨着坟墓
不用指
那坟我熟
路边的油菜花金黄
小草青青，随风摇曳
我熟悉这一切
每年清明我都要来这里
偷偷地，下一场雨
把墓碑上的字，看一遍
把墓碑上的人，看一遍
好像这样，我才能熟悉自己
才能，安心一点点

（刊《诗刊》2018 年第 6 期）

白了我一下

周末到菜市场买菜
听说鸽子汤养人
我就买了一只

这白色的小精灵
咕咕咕
仿佛在与我说话

可就在它被摊主
拧断脖子的一刹那
它用一双珠玉般的眼珠子
白了我一下

（刊《诗刊》2018 年第 6 期）

早 花 生

一段年少抹不去的记忆
在我漫长的岁月里亘生

当别人家的花生才下种
我们家覆薄膜的花生已开花

黄黄的，怯怯的
害羞地像一群早恋的少男少女
蓬勃着青春的豆蔻年华

等别人家的花生才开花
我们家的花生一上市
便成了市场上的抢手货

我们家的花生，像早当家的爸妈
穷则思变，才更懂得不负春光

早花生，像生命中点亮的一盏灯
通透了我人生奋进的旅程

(刊《中国作家》2019 年第 1 期)

我坐在了首席上

年收紧了手中的线
把漂泊在外的游子
放风筝似的，一一拉回家

年夜饭，我坐在了首席上
还没说话
泪水就模糊了双眼
嗓子已哽咽

"爸走了快一年了"
一家人都发出了感叹
"你今天有点像老爸"
妻子不无调侃地说
"万事都有交接"
我在内心暗自嘀咕

我们碰杯的声音依旧像往年
只是今年我代替了老爸
坐在了首席上

（刊《中国作家》2019 年第 1 期）

放风筝的孩子

天空蔚蓝如洗，白云飘
春风鼓荡它如影随形的翅膀
芬芳的草地
敞开它清新、辽阔与激越的胸怀
阳光温暖的这人间三月

一个苹果红的孩子，在放风筝
爷爷在一旁指手，观望
一只在天空中飞翔的鸟
仿佛牵引着风筝
把孩子在草地上拉得
脚步飞奔
美得就像
一个飞升天空的童话

这个草地上飞奔的孩子
仿佛就是飞奔着的快乐与幸福
仿佛爷爷手中捧着的
含在嘴里甜在心里的一块糖

（刊《中国作家》2019 年第 1 期）

用 心 良 苦

隆冬，儿子带乡下来的母亲
去商场买棉大衣
儿子问服务员
"这件大衣怎卖"
"二千八"
母亲拽拽儿子，"太贵"
换一处，儿子又问服务员
"这件怎卖"，"八百"
母亲又拽拽儿子，"太贵"
服务员说，便宜的那边有处理价
儿子问服务员，"这件怎卖"
"二百八"
母亲拽拽儿子，"还是贵"
"贵，那边有特价的"
儿子问，"这件特价怎卖"
"一百二，真想买，一百"
母亲试着，满意地说"这件暖和"

他们走后，服务员叹服道
"这儿子真是用心良苦
那件大衣是全商场最贵的
——八千八"

(刊《中国作家》2019 年第 1 期)

儿时的伙伴

她叫桃花，她叫翠花，她叫小草
他叫铁蛋，他叫钢子，他叫金锁
村前的那条小河，流淌过我们童年的欢乐

那时穷，母亲为了养活我们
都给我们起了个贱听的名字
好让我们像花草一样，四处逢生
像钢铁一样，命硬

如今，我不敢轻易打探他们的消息
这些儿时的伙伴
怎么提着、提着，就不在了

（刊《北京文学》2018 年第 7 期）

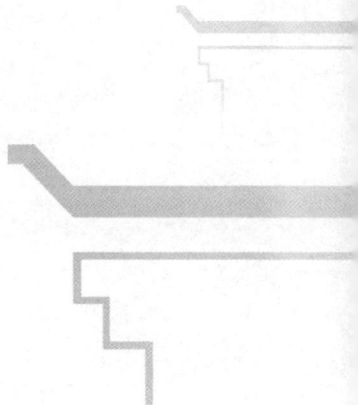

摇 摇 窝

记得小时候
父母外出做农活去了
我们在家里的规定动作
就是摇睡在摇窝里的弟妹
我们用手摇，用脚摇
只要摇窝晃动
哪怕弟妹是睁着眼睛的
世界也是安宁的
可是摇窝一停
那哭声便起
急得我们手忙脚乱地摇摇窝
只是那时我们不懂
弟妹为什么要在晃动中入睡
世界为什么要在运动中平衡
其实生活中的小常识
往往蕴含着深刻的哲理

(刊《北京文学》2018 年第 7 期)

蚁 如 灯

不经意间，看见一只蚂蚁
含着一叶草屑
在城市瓷砖的地面上爬行
我不知道它的家在哪里
路途有多遥远
也没看见它的同类随行
或遥相呼应
可它不急不缓的步履
充满坚定
仿若尘世的苦难与艰辛
它视而不见，或置若罔闻
这多像一盏灯
一下子照亮了我的苦乐人生

（刊《上海文学》2019 年第 9 期）

铜　锣

像黄土地一样敞胸露怀
像父亲一样倔强与坚毅
耐得住岁月的悠闲与寂寞
沉默如金

铜锣是节日里的欢庆
它用笑声说话
就是被闲置高阁
它也像金子一样闪亮

英雄总有用武之地
你瞧，节日的脚步
是敲响它的欢乐

（刊《诗潮》2020 年第 10 期）

我就想这么简单地生活

你看，又是被鸡鸣唤醒
拿着锄头和筐子
我要到田地里栽菜、种果树
那一垄一垄的青翠
多么惹人怜爱

中午，我还是要小憩一会儿
躺在摇椅上任穿堂风吹过
小狗就在旁边打呼噜
好一派悠闲宜人的样子

黄昏，我们就在小河边散步
看夕阳缓缓地落，风轻轻地吹
和你牵手，我们还是年轻时的样子

夜凉了，我们就牵着星星、月亮回家
我给你打洗脸水，你给我揉揉背
一天的风尘就这么轻轻落幕

(刊《江南诗》2020 年第 2 期)

冲

临近隆冬中午
屋檐上的冰挂在滴水
为了穿过这水帘
不淋水
我是冲着跑进屋的
可水滴
不偏不斜
像是瞅准似的
钻进我颈子

（刊《安徽文学》2019 年第 8 期）

幽　居

炊烟是一种召唤
腰系围裙的女人是一种召唤
屋后的柴垛，被她一点一点掏空

八仙桌端坐堂间
木竹椅子像是习惯的等待

那个打鱼人，手提竹篮
月光下发白的小路
牵着他回家

(刊《安徽文学》2019 年第 8 期)

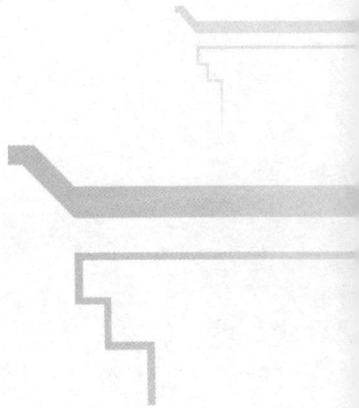

长蒿草的老屋

爸走了，妈走了，老屋就空了
上了锁的老屋
院子里就开始长草了

院子里不见老鸡带小鸡
也不见小黄狗摇尾巴
母亲在的时候
总有鸡鸭围着她

没人管的蒿草可放肆了
一个劲地往上长
有几株好事者
窃贼似的，眯缝着眼
爬在窗台往里瞧

空了的老屋，蹲在那
像个没人管的野孩子
不洗脸不洗澡
蓬头垢面
看了，就让人心痛

（刊《星河》2020 年立春·夏至卷）

蛇

她天生胆小，怕蛇
她一见到蛇抬头，吐蛇信子
就胆战心惊

有一次宴席上
她尝到一种鲜美的汤汁
而赞不绝口
当朋友告诉她
这可是大王蛇汤，老养人呢
她就呕吐不止
差点把苦胆给吐出来了

后来许多次，她在梦里
都毒蛇缠身
吓得她
冒一身冷汗

就这样，她背上了
灵魂的债

(刊《延河（诗歌特刊)》2020 年第 3 期)

葡 萄 熟 了

葡萄熟了。光着头的毛毛穿着红兜兜
在庭院的葡萄架下追蝴蝶
他内心的喜悦溢于言表
他那么小，那么可爱，一双明亮的眼睛
闪着童稚清澈的光

妈妈在葡萄架上摘葡萄
她一手托着玛瑙般晶莹圆熟的葡萄
一手用剪子剪断藤蔓
弯腰放在竹篮里
浓荫里卧着的小猫咪不动声色
正安静地打量着这温馨甜美的人间

（刊《绿风》2020 年第 2 期）

一条蚯蚓在水泥路面上蠕动

一阵雨后
一条蚯蚓在水泥路面上蠕动
它是在黑暗中待久了
想出来看看外面的世界
还是被大雨淹没了家园
变得流离失所

它在路面上蠕动得那么慢
难免让人为它担心
我好像是它的监护
怕它被鸟雀啄食
又怕它被车辆碾压
目送它慢慢钻进路边的草地
我才轻松地松了口气
如释重负，一身轻松

（刊《扬子江诗刊》2018 年第 1 期）

栀 子 花

一朵朵含苞凝脂的乳
在清晨的枝头盈露，在阳光下闪烁
鲜亮爱恋者的目光

那个弯腰嗅香的人
着一袭白裙
宛如盛开的花

知子莫如娘
她在花丛中沉思
那过往的时光
如风

她牵裙移步的姿态依旧迷人
刹那间，勾起了
我如烟的往事与感慨

（刊《江南诗》2018 年第 4 期）

雨后的荷塘

倒是让几只蜻蜓占了先机
雨刚停
它们便停在了
几朵凝露的荷花尖上
尽享阳光与风的
爱抚

阳光拨开乌云的棉袍
把光轻轻地泻在
盛满珍珠的玉盘上
突然，一只好事的青蛙
跳上玉盘
让滚动的珍珠
在摇晃中一闪、一闪
晶亮了爱恋者的目光

（刊《安徽文学》2018 年第 4 期）

池塘新荷

微风轻抚，空气凝香
一池的新荷
露出一张张超凡脱俗的脸

不涂抹，也不梳妆
亭亭玉立的清姿
愉悦无数过往行人的目光

风吹过来，她们就窃窃私语
那温馨的倾诉，爱一样
溢满我的心房

每次见她
我都感慨万千
何时我才能这般
清水出芙蓉

(刊《安徽文学》2018 年第 4 期)

荷 塘 怀 思

六月铺展一望无际的碧波
池塘溢满爱恋的目光
风梳理着思绪
寂静的荷塘边，我站成一棵树
根须吮吸池塘里的水
头顶抚摸着蓝天
让小荷才露尖尖角的火
燃烧夏天，燃烧心空

谁能懂我的心思呢
哎，是回忆诱骗了我
在这步入薄秋的旅途
年少放纵的我
也曾拥有浪漫而温馨的过往

（刊《安徽文学》2018 年第 4 期）

夏 日 荷 花

夏日荷花，好美，好艳
清水出芙蓉，像出浴的少女
像初恋的目光，像初吻
美过爱情流行的玫瑰

记事的时候，就喜欢穿红衣裳的女孩
眼睛里的火
像阳光一样，干净，炙热
迷恋她，在池塘，在田间
小路上，夕阳下
和蜻蜓一起玩耍
花香里，忘了归途

钓鱼、放鸭这些带有野趣的农事
打小就暗合一颗玩耍之心
池塘边，小河旁
裤脚打湿露水
竹竿碰落珍珠
天真、活泼、淘气

人生如梦，岁月如梭
恍惚间，童年的记忆
一下子把我推到眼前
面对夏日荷花别样红的胜景
一颗苍老的心
又年轻了一回

（刊《安徽文学》2018 年第 4 期）

让爱插上歌声的翅膀飞翔

阳光照亮群山如涛
清风拂动，吹来一阵又一阵花香
耀眼处，一面飘扬的五星红旗
燃烧激情，燃烧希望。旗帜下
一阵阵嘹亮的歌声，打破
黎明的寂静，山谷的空旷
在山脚下，在小溪旁
有一座学校和一群学生
在老师的引领下，齐声高唱

"我爱你中国，我爱你中国
我爱你春天蓬勃的秧苗
我爱你秋日金黄的硕果……"
歌声饱含深情，充满祝福
从高山到大海，从农村到城市
从矿山到学校，从工厂到军营
飘过九百六十万平方公里的每一块土地
歌声汇成山、汇成海
让每一个人心情激荡，欢呼雀跃
让爱插上了歌声的翅膀飞翔
共庆祖国华诞，共祝祖国繁荣富强

（刊《浙江诗人》2019 年第 5 期）

黄 山 画 卷

一阵风，打开黄山画卷
展露奇松、怪石的容颜
漫卷日破云海的红
用梦笔书写高耸的激情与美幻

黄山，用一阵风，拂面
那只风中伸出的手臂展翅，临风
广迎天下贵宾

伸出纤手，拂一拂一阵风的柔
蓝天白云飘飞，漫涌
山间树影婆娑，盈香
不觉间，穿越一段历史的崎岖与漫长

啊，黄山
你是祖国脸上的一颗美人痣
更是它不老的胎记
你正以风姿绰约的青春
诉说爱的无尽与深意

（刊《浙江诗人》2019 年第 5 期）

扶 贫 路 上

祖国，听从你的召唤
我在春天去往扶贫村的山路上
看见满山的杜鹃花彩霞一样绽放
山坡上的茶园碧绿如梳
采茶女像茶海中穿梭的帆
杜鹃如染，把山乡泼墨得花团锦簇

采茶的间隙，她们也偶尔抬头张望
天不热，阳光明媚而璀璨
小溪在山脚下流淌，采茶女依花闻香
我从她们中间走过，也走进梦里画乡

多美啊，在亲近扶贫村的山路上
我发出内心的感叹
我来到村部、农舍、庭院
不见当初的贫穷与脏乱
却见杜鹃花的火越烧越旺
他们每户门前移栽的杜鹃花
比山上的还美、还香、还艳

（刊《浙江诗人》2019 年第 5 期）

情 不 自 禁

小溪上放根大树
就是传说中的独木桥

我从上面经过
女儿怕，喊爸：抱

溪水把石头洗得干干净净
一个个像鹅卵

一个洁白晶莹像珍珠
我捡给了女儿玩

路边的油菜花开了
小蜜蜂在花丛中忙

我掐了一朵
给她玩

女儿告诉我
要爱惜花草
我真的忘了这茬
缘于情不自禁

(刊《文学世界》2020 年第 6 期)

中 央

春天是花的海洋，我们是小蜜蜂
女儿在嗅油菜花
我给她照相，那美

小路缠绵，我们走得慢
燃烧的油菜花，燃烧春天

江南如画，我们在画里
这天赐的福分
我和女儿一人一半

不必再奢求什么了
女儿在花丛中笑，穿梭
快乐得像蝴蝶

多么幸福，多么美
万物簇拥着我们
拍着手，鼓着掌，溢着香
把我们围在爱的中央

（刊《文学世界》2020 年第 6 期）

那个蹲进菜地的人

晨光中，那个蹲进菜地的人
被菜的葱翠、浓密、芬芳所遮掩
被一张花团锦簇的绒毯所覆盖

风吹，她才偶尔露出头来
像菜地里结着的瓜
或是在花丛中采蜜的蜂

菜地边没有路，也没有行人
就是这块被世人遗忘的角落
才生长出让人难以忘怀的乡愁

（刊《海宁潮》2020 年第 2 期）

谷　穗

深秋的江南，丰饶，浓香
风一吹，瓜果飘香
谷浪汹涌，金黄
那黄，与肥沃的土地
一脉相承

童年，就爱在稻田里拾穗
纵享放鸭放鹅的童趣
简单而快乐
那时，我常在蓝天下托脸追梦
路在何方

如今，我老了
才学会了像谷穗
低头沉思

(刊《海宁潮》2020 年第 2 期)

若 有 所 思

一头被拴在河滩上的牛
两眼微闭，仿佛在沉思着什么

它甩动的尾巴像是在驱赶蚊虫
却又像是有节律的弹奏

牛是老牛。像它吃过晚饭的主人
在河边袖着双手
嘴里自言自语，又像是振振有词

老牛像是在回忆着什么
落日的余晖里，它跪下了身子

（刊《作家天地》2018 年第 8 期）

惊　扰

如果我不搬动那块石头
不搬动那块石头砌墙
我就不会知道
石头下面还有秘密
还有相互的缠绕
被窥见

真的，如果我不搬动那块石头
不搬动那块石头砌墙
我就真的不会知道
那被松动的石头下面
相互缠绕的卑微的生命
被惊扰

（刊《作家天地》2018 年第 8 期）

梦想过告老还乡的生活

梦想过告老还乡的生活
住进爸妈留下的老屋
在自家的小院菜地
种上蔬菜瓜果

我还想鸡鸭成群
早晨赶鸭子下河
在云水间畅游
闲观小鸡在山林里觅食
我也逍遥成仙

夕阳西下
我就在灶堂里烧菜煮饭
袅袅升起的炊烟
牵出我月夜的思念

鸡鸭归笼的低吟
民谣般伴我入眠
每天日出时分
都让雄鸡报鸣的畅快
唤醒我一天的好心情

(刊《海燕》2018 年第 10 期)

祭 父 亲

每次去父亲坟前祭奠
我都要放鞭炮、烧纸钱
磕头

我在他坟前放鞭炮
是想把他唤醒
大声说出——
我想他

我在他坟前烧纸钱
是想告诉他
我谨记——
不干净的钱
烫手

我在他坟前磕头
是忏悔
也是祈愿
我知道——
他是我心中
活着的神

(刊《渤海风》2018 年第 2 期)

水　芹

初春，你从大地的深处探出头来
柔嫩的牙尖顶着露珠，阳光下
晶莹闪烁，风一吹
你稳都稳不住身子
像还带着冬日的冰凉、寒冷的记忆
置身在沟渠旁、小路边
超凡脱俗地举着一抹清新与亮丽

卑微者爱幽僻，坑洼，听静水流殇
喜潮湿，野地与温暖阳光
你摇曳着葱茏的舞姿与青春
一簇簇、一丛丛如浪似锦
让春天的芬芳弥漫四野

总是与乡野的小丫头情有独钟
爱恋不舍。当美好的青春被裁剪
小丫头的竹篮里就盛满美味的新鲜
翠绿、馨香、亮眼
把我们馋得流口水的味蕾
带回童年饥馑的春天

（刊《习水文学》2020 年第 1 期）

河边上的芦苇丛

我喜欢看河边上青翠的芦苇丛
轻风中摇曳的舞姿
芦苇内部流淌的河流
以及芦尖露珠闪烁的晶莹

白鹭翔飞的曲线
凝满爱与美的诉说
这江南迷人的小曲与画面
拨动我心中炙热与思辨的琴弦

多少次，我想对她表白
我爱她修长柔美的青春
也爱她头发斑白的沧桑

河边上的芦苇丛啊
珍藏了多少不为人知的秘密
河水轻荡小舟，蛙鸣惊飞鸟雀
你温柔多汁的怀里
孕育出了多少生命与爱的赞歌

(刊《习水文学》2020 年第 1 期)

青　松

雪花漫舞，冰雪裹挟着你
你才肯放弃那应有之色
四季常青，也不是你说了算
上帝自有安排，掌控
他才能运筹帷幄

沐浴春风，你摇曳，那才是你应有的本色
万物重生、轮回，姿态绰约
只有你于细微处悄然变化，老叶新芽
一边重生，一边凋落
仿若看不见你枯、看不见你荣
你俨然一个老生常谈
面不改色，心不惊

你也开花、结果
就是不见凋落之态
花在叶上开，果在叶中结
四季之色也有悄然变化
只是青裹着绿、裹着黄、裹着红
猝然地坠落，覆盖大地
而树无动于衷，守身如玉
你只把笑和永生的一面
呈现给世人，令人赞叹，让人叫绝

（刊《习水文学》2020 年第 1 期）

我只想做一棵河柳

我不想带走村后的那条小河
也不想带走小河里碧波连天的荷
我喜欢看蜻蜓在荷尖上悬停，在天空中飞
我喜欢听青蛙敲着鼓擂响天籁
我喜欢清香在微风中飘溢、拂荡
我喜欢薄雾在晨光中轻起、漫涌
我喜欢月光洒下的清辉
和星星、萤火虫眨动的眼睛
一生的迷恋，全是这清新可数的画卷
一生的温情，全是这记忆翻飞的喜悦
因此，我只想做一棵河柳
依在小河边，为小河和村庄守护一生
让河水里的小鱼畅游时多一个玩伴
让月光在夜里逡巡时多一双迷恋的眼睛

（刊《万峰湖》2019 年第 3 期）

桥 上 看 海

站在雄伟的跨海大桥上看海
海好像变得温柔了许多、亲近了许多
不像小时候
我们只能从海滩上扑进海的怀抱
现在，从桥墩上跳下去
被一根绳子牵着，在空中晃呀晃
很刺激，很享受
这是新项目，也是新玩法
这不是梦，是美好的现实
海好像在变，天也在变
不远处，那只从海滩上飞升的热气球
把人吊在天空中玩
近处，海浪拍打着桥墩
有摇晃着整个地球的感觉
而目光尽头的山峰，像是谁的五指山
托起海面上血染的旭日
这是早晨看海的好时光
那声色、音调、波涛、气势浑然天成
没有谁能画出这样生动的海面
也没有谁能看穿海的深浅、苍茫、辽阔与激越
看海的时候
我们把一切交给了海

（刊《万峰湖》2019 年第 3 期）

白 发 苍 苍

白发苍苍，白发茫茫
湖边那么一大片芦苇
是旧了的时光，是老了的秋
风一吹就摇曳，就荡漾
梦一样恍惚
苍凉

风在吹，黄昏的湖水在荡漾
那位白发苍苍的老人
在摇橹，在下网
他坐在白茫茫的波涛中
他坐在熔金的晚霞里
间或，他猛地咳嗽
惊飞了苇丛中的水鸟
那水鸟腾起的翅膀
扇啊扇，扇啊扇
把暮色的苍茫，白发苍苍
往黑夜里，拖

(刊《万峰湖》2019 年第 3 期)

离 乡

夜的深处
我从睡梦中醒来
握着手里的火车票
惊吠小村里的狗叫
寂静的月光下
我和我的影子做伴
奔波中
风声有点像鬼叫
星星也眨着诡异的眼
我不知道自己的嘴里
哼唱着什么曲调
以此消除内心的恐惧
回望身后那条发白的小路
鞭子一样
狠心地
将我抽出乡野

(刊《万峰湖》2019 年第 3 期)

给母亲逮了一只小狗

那次过节回家，除带了礼品
还特意给母亲逮了一只小狗
母亲老了，常守着老屋
坐在那发呆。我想让小狗代替我
陪陪母亲
我给母亲逮了只小狗
母亲吃饭就不再是一个人了
那天，我和母亲说笑着
看着小狗吃食
小狗汪、汪、汪地叫着
好像它不是狗

(刊《万峰湖》2019 年第 3 期)

月光下的弘愿寺

月光映照寂静，寂静笼罩弘愿寺
月光下的弘愿寺
我看一回爱一回
不觉陷入沉思……

寂静的月光下
弘愿寺依在敬亭山的怀里
照着放生湖的明镜
一脸的沉静、肃穆、庄严
仿佛怀揣的那个梦想：弘愿

如果不是一只孤飞的鸿雁
在头顶凄凉地叫了一声
然后消隐于夜的苍茫
可能我还不会感觉到内心的孤、冷
我也不会陷身这月光下，寺庙前
怀揣弘愿的祈祷
尽享这战栗、孤寂与无以言说的美

（刊《万峰湖》2019 年第 3 期）

清 明 雨

天空飘落的雨丝
像是心中扯不断的思念

在母亲安息的坟头
雨声盖过了我的哭声
仿佛要把整个世界的悲痛
倾倒而尽

那溅落在大地上的雨滴
睁着一双双哀怨的眼睛
凝满声声断魂的叹息

(刊《四川诗歌》2018 年第 10 期)

树　桩

每到黄昏，站在村口大槐树下的母亲
就像树桩一样
她呼唤的声音，一声接着一声
是磁性的，也是急切的

直到她开骂了
我们才应声
有时我们在小河里摸鱼
有时我们在稻田里捉青蛙
有时我们在树枝上捕知了
有时我们在屋檐下抓石子
有时我们与幺妹过家家

这老槐树下的童年
每一个黄昏都迷人
一颗贪玩的心
直到母亲开骂
才觉醒

（刊《四川诗歌》2018 年第 10 期）

露　珠

是夜晚悄悄爬上草尖的梦
晶莹，圆润，闪烁
灿如星河
清醒一个沉睡的世界

风吹
它也不肯滑落
它眷恋这个干净而透亮的人间

直到太阳热得晃眼
它才悄然隐去

（刊《四川诗歌》2018 年第 10 期）

乡之恋

雪

你的造访，精灵般
轻，柔，闪着光
你这来自遥远深邃
而又无从考究的天使
飘是你的仪态
是风的琴声与歌唱
你站在冬的深处
神一般寂静无声
你缓慢而坚定的步履
向下

你的颜色与风骨
人间罕见，可爱至极
在乡下的田野，小麦和油菜
都张着嘴，伸着舌头
迎接你爱的初吻
你这爱的祝福与礼赞
像寒夜里的天穹，繁星点点
覆盖村庄、小路、旷野

瞧，雪飘落在雪上
醒来的早晨，人们晶亮的眼睛
瞩望远方飞升的希望
翻晒记忆与乡愁

（刊《人民日报（海外版）》2018 年 11 月 10 日）

回故乡，我都要把乡下的穷亲戚走一遍

小路你好，田埂你好，沟渠的流水多么欢畅
小草你好，野花你好，扬花的水稻吐露芬芳

向日葵你好，南瓜花你好，蜂蝶围着舞蹈
小狗你好，小猫你好，逗得鸡鸭扑棱着翅膀

蝉鸣你好，虫鸣你好，屋檐的蜘蛛张着网
炊烟你好，夕阳你好，柴扉的门口倚着娘

每次回故乡，我都要沾节气的光
把乡下的穷亲戚一家一家走一遍

（刊《中国作家》2019 年第 1 期）

卖鱼苗的人

卖鱼苗的人
挑着担子晃呀晃
他挑的两只木桶
桶沿上网着网
他怕鱼苗跳出来

他挑着担子晃呀晃
他是在给桶里的鱼苗
增氧

(刊《安徽文学》2019 年第 8 期)

大清早，和父亲一起拔秧

不说一句话
大清早，和父亲一起拔秧
东方的黎明微亮，星星还在天空闪烁
他拔他的秧，我拔我的秧
洗秧的水声，此起彼伏
扎秧的动作，娴熟

只一个早晨，我们拔的秧摆放如龙
拔完秧，我们起身
将秧苗一把一把
堆放在秧架里
回家吃早饭的路上
我们不说一句话
卷着的裤腿上，水声滴落

（刊《安徽文学》2019 年第 8 期）

石　器

像钻木取火。智慧
点拨了人
磨，是生存的技艺与法则
一块石头，与另一块石头
谁能成器
柔软即是坚毅
透明似凝脂
琢石成玉
我喜欢它内心闪亮的光泽
像所有的挂件与摆饰
它总给主人的脸上
贴金

（刊《诗潮》2020 年第 10 期）

宣　笔

宣笔是笔中瑰宝
技艺一绝
为世人称道

宣笔在宣纸上走路
那是人生之路藏有胸怀
让灵魂闪光

笔由狼毫与羊毛搭配
用笔柔润，随心
却暗藏锋芒，灵性

宣笔悬垂有形，横竖有样
凝满墨香
在写字人的心里
舒缓有度，浓淡相间

走笔游蛇，奇迹展现
那点睛的一笔
罕见

（刊《诗潮》2020 年第 10 期）

画　竹

先画竹，还是先画石头
先画枝，还是先画叶
都得胸有成竹

叶子如刀，如羽，如鱼
枝如剑，如戈
都在风中摇曳
美不胜收

青拥着春，黄拥着秋
挺直的是腰骨，是气节
根埋在泥中
稳如磐石

傲霜凌雪，苦累自知
心中的执念
是对爱的坚守

你知道
春笋如闪电
雨后伸出的手掌
打出一手好牌

（刊《诗潮》2020 年第 10 期）

逮　鱼

记得小时候
你最喜欢做的事
就是春夏之际
暴雨后去沟渠里逮鱼
那时候，一下雨
沟渠里的鱼多得是
鲫鱼、鲶鱼、鳖鲦
你只要在下游扎下网
在上游筑坝
干了的沟渠里
到处都是活蹦乱跳的鱼
忙得你上蹿下跳
就像沟渠里的鱼
一会上，一会下
只是你不知道
你才是一条快乐的小鱼
穿梭在时光的河流

（刊《北京文学》2018 年第 7 期）

打　水　漂

小时候，最快乐的时光
莫过于几个发小在河边
用薄薄的小石片打水漂
我们弯腰歪头屏息瞄准
那掷出去的小石片
像水面惊起的一只只小鸟
在飞

石片溅起的水花
一朵两朵三朵
在河面漾起一圈圈美丽的涟漪
这抹不去的记忆
不时在思念的心空
闪烁

如今，生活平静如水
但总有爱的小石片不时投掷
溅在你脸上的笑靥
多像快乐的小水漂
荡漾着爱恋

（刊《北京文学》2018 年第 7 期）

放 鸭 图

鸭啰啰，鸭啰啰
唤鸭人的吆喝声
一声一声加深了暮色

满天繁星
是放鸭人撒在池塘里的喂食
鸭子在水中翻着跟头，抢

沐着月光
枕着鸭子们嘎嘎的欢叫入眠
憨厚的放鸭人
沉浸在幸福无边的夜色

（刊《北京文学》2018 年第 7 期）

故乡的小河

故乡的小河
是皖南群山挤出的乳汁
喂养两岸兴旺的花草人畜

河水带着大山的深情
用清澈与甘甜
唱着轻盈而欢快的歌
一路晶莹闪烁，浪花飞溅

河水滋养一棵棵绿柳青竹
用清新抚摸路人的目光
让桃花、杏花出落得脱俗

河水四季变迁，潮涨潮落
用五彩勾勒两岸迷人的景色
春来菜花吐金，秋来稻谷飘香
醉了人心，亮了歌喉

我是喝乳汁长大的孩子
总喜欢偎在她温暖酥柔的怀中
她像一条长长的线
牵着我这只飞不远的风筝

（刊《上海文学》2019 年第 9 期）

坐在岸边的石凳上

坐在青弋江边，坐在江水漫涌的桃花潭边
坐在桃花潭岸边的石凳上
我是一粒飘落的微尘，停止了奔波的匆忙
远离城市的喧嚣与拥堵
不问交通事故频发，触目惊心
我是一个无能之辈，远离红尘
至今，仍一无所成
鬓霜如染，不觉已是半百老人
而此刻，游客往来穿梭
桃子缀满枝头，合欢尽情绽放
白鹭在岸边信步，鸟语花香
这从未有过的美好时光覆盖着我
浸染着我。让我停止了奔波的匆忙
让我遇见一个轻松而舒爽的自己
身体里清波流畅、祥云曼舞
我想起人间的真情诉说大爱
乘舟将行，或是岸上踏歌
早也都是过眼烟云
但我还是要学白鹭，飞上一会儿
尽显展翅的弧线之美、灵魂之美
最后，让我坐下来，以石为伍
怀揣一颗闲适而稳固的心

(刊《江南诗》2020 年第 2 期)

银杏谷见闻

银杏树穿上了秋天的袈裟
就把白果的舍利子撒满人间
穿过天空的大雁叫着南飞
树叶就落了一地
阳光下的小路缠绕在山间
也缠绕在幽静苍茫中
依山而建的小楼里
大娘将干柴塞进灶膛
满屋便弥漫锅巴的焦香
小狗扑咬花丛中的蝴蝶
逗乐了大娘满脸稚气的孙子
围着院子，转

（刊《江南诗》2020 年第 2 期）

去 乡 下

周末，去乡下。我一听这话
脑海里就闪现出童年的旧时光
耸起的是山，流淌的是河

河滩上，那个放牛的野孩子
在河里摸鱼虾。他在石头缝里摸
在水草丛里摸。他摸到的都是心跳的快乐

河堤上，绿柳如茵，随风婆娑摇曳
那一声高过一声的蝉鸣
叫得人心慌、眼发亮
一路都是搜寻的目光

嘴里哼着一首小曲，该是怎样的欢畅
柳条串着一串活蹦乱跳的鱼
小路上，牧影踏响了夕阳

（刊《延河（诗歌特刊)》2020 年第 3 期）

夜幕笼罩的乡村

夜幕笼罩的乡村
只有小屋窗口亮着的灯光
在向你闪烁人间的温馨
夜幕笼罩下的乡村
用寂静诉说安详
异乡人的脚步
总是惊动村口的犬吠
汪、汪、汪

放眼望去，炊烟已歇落屋顶
小鸟已歇落密林
万物已摇晃在睡梦里
只有天空醒着的那轮明月
端坐在无数的星星之中
在村口那块如镜的池塘中闪烁
风一吹，便揉碎了幻影

（刊《诗林》2020 年第 2 期）

在竹海里穿行

我在竹海里穿行，四望
风在竹海里穿行，摇曳
阳光在竹海里穿行，闪烁，迷离
轻雾在竹海里穿行，缭绕，漫涌
小鸟在竹海里穿行，鸣叫，蹦跳
溪流在竹海里穿行，清澈，晶莹
几户人家在竹海里漂
不经意间，我嗅到兰花的幽香
像是谁的轻唤
这让我想起小时候
那个与我一起搬笋子
叫花的姑娘
她的美，她的纯，她的笑
印在我的脑海里
一辈子忘不掉

（刊《江南诗》2018 年第 4 期）

初春的桃花

初春的阳光有点暖，用明媚
打开了一枝醒目的桃花

我既惊喜，又兴奋
春光里，仿佛有人
把爱挂在枝头，用花说事
花煮的酒，沸腾了我的血液

这初春里的桃花，像是前世的缘
一定在这等了我很久，期盼了我很久
不然我的初见，为何这般迷恋
它唤醒了我心中沉睡的蝴蝶
翩然的翅膀纵情在山水间

枝头上的一朵朵桃花，纵着火
我灼烧的目光凝满爱
想起年少时那个会撒娇的小姑娘
我心的底片上活脱脱地
跃出了一个会说话的小凤仙

（刊《江南诗》2018 年第 4 期）

手捧飘落的桃花

我喜欢用手捧着飘落的桃花
它的飘落，像飞逝的青春
在我的掌心里，像是谁的脸
唤起回忆

我喜欢用手捧着飘落的桃花
它轻轻地飘落在我的手心里
不躲，也不闪
像是谁的脸，在轻轻地
轻轻地让我靠近
我手心里的暖，捧着了爱的蜜

在春天，我喜欢伸出手
去迎接那纷纷飘落的桃花
这春天里的桃花雨、桃花雪
浪漫得让人有点眩晕
我在手捧桃花的那一瞬间
仿佛看到一双充满期待的眼睛
渴望另一双眼睛深情的目光

（刊《江南诗》2018 年第 4 期）

春到桃花潭

一树树绽放的桃花
像是精心编排
春风拂琴
桃花挥舞着一条条彩带
载歌载舞
老远的，迎我

我在桃花潭边小憩
像是依在春的怀里
桃花漫溢的缕缕芬芳
仿佛谁熟悉而迷人的体香

我是不是真的入梦
迷上桃花潭
心中沉醉的快慰
像桃花一样绽放

（刊《江南诗》2018 年第 4 期）

乡 野 观 荷

也不是什么邀请，赴约
是季节的时针
弹拨出乡野荷花绽放的美
撩拨心中爱的琴弦

荷塘里的碧波
被岸边摇曳的垂柳坚守
我在浓荫里嗅香观荷

观荷叶挺立照水
观菖蒲随风摇曳
几只点水的蜻蜓
盘旋，灵动，悄然停歇荷尖

也有几根被折断的荷叶
用作伞，或别的什么
只是眼前，被弃岸边
凌乱的，像用过的旧时光

去年来的时候见过一些人
说过一些话
只是不知今年又会碰见谁

乡野观荷
对我来说，也是多年的习惯
那么大一片荷塘
早也是我盛夏热情的期待

一生中总有几件事让人迷恋
像这乡野观荷
都是内心对美的向往使然
它是自然无声而灼热的呼唤

(刊《作家天地》2020 年第 4 期)

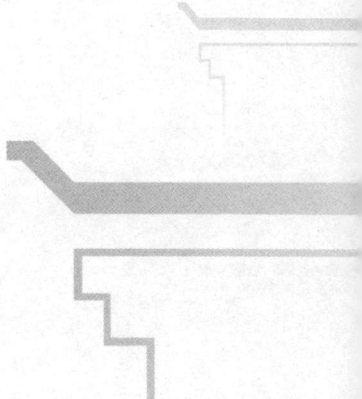

芒　种

每一种诉说的冲动，都有一个必然的理由
譬如芒种，牵扯出的全是忙

其实五月还有许多忙不迭的事
这是时光所致。譬如
小麦已熟，荷花盛开，大地热气腾腾
多么迷人，自然界敞开了无私的胸怀

而我最难以忘怀的是
芒种时分，你在月光下磨镰的身影
饱含收割的冲动

(刊《岁月》2018 年第 10 期)

茭　白

一片茭白长得多么茂盛
风吹叶动涌起了海
它们不开花
却一个个挺着小肚子
像怀孕的小媳妇
中秋回家，我总爱到茭田里转转
指点它们宝剑的长叶、叶片上的锯齿
谈一些孩童时的往事
我们在茭田边漫步
无聊时，就蹲下来用燃烧的烟头
烫啮噬茭叶的小青虫
离开的时候
我们就把那些怀孕的小媳妇带回家
把没了小媳妇的空寂与落寞
留在了那

(刊《岁月》2018 年第 10 期)

春 光 里

春光一阵比一阵，暖。明媚
我喜欢它的无私与敞亮
这因照耀而勃发的季节
人和人是不一样的，但植物都一样
我是一个多愁善感的人，爱美
我承认，我对这花开的季节情有独钟
鲜花是无语的，我却要它表达我的心思
我承认，我私藏了一个秘密。秘密里
闪现着她的娇美。她细语如风、青丝如柳
我坦言，我爱她，如蜜蜂沉醉花的芬芳
我坦言，我吻过她，我与她共拥过月亮的影子
我深信，她是我的人、我的花
如果你们能从阅读中获得一丝快乐
那是我的荣幸。春光里
我要与大地、与花草大爱一场
不管你们怎样，我要醉一回

（刊《鸭绿江·华夏诗歌》2020 年第 3 期）

走 进 竹 林

我是被你的翠绿和谦虚的骨节所吸引
走进竹林，如海的碧涛涌动
一股凉爽清香的气息扑面而来

在你的腹部蠕动，落叶发出脆响
踩碎的阳光，像踩碎的镜片
映照无数闪光的我、欢愉的我
这从未有过的美好时光覆盖我
浸染我。让我忘却了奔波的疲惫
让我遇见一个轻松而舒爽的自己
身体里清波流畅、祥云曼舞

沁凉里，竹枝不时地撩拨我、抚摸我
包括野花、荆棘，每一种植物都向我倾诉
我理解它们内心深藏的爱的秘密

不时惊动鸟雀飞鸣，目光如梭
欢快里，只有时间在静静流逝
竹枝上悬挂的鸟巢，盛满阳光与爱

（刊《创世纪》2020 年 6 月夏季号）

变成一只小虫子

为了能日行万里，我变成一只小虫子
爬到飞机的肚子里
飞机是一只大鸟，展开宽大的翅膀飞
它在白云上飞，我就在白云上飞
它在蓝天上飞，我就在蓝天上飞

当它从白云中一穿而过
它就把我带到白云之上
白云的山，白云的海，都在它的胯下
也就在我的胯下
我们骑着白云飞

日行万里，也就是一眨眼的工夫
当我从睡梦中惊醒
空姐便用甜美可亲的嗓音
把我赶出机舱
当我像小虫子一样爬出来的时候
我又变得人模人样

（刊《创世纪》2020 年 6 月夏季号）

蜘　蛛

他在河边的竹林里
看阳光照着一张透明的蛛网
风轻轻吹动蛛丝闪亮
那只在蛛网上做梦的蜘蛛
像荡秋千，享受着呢
一点也不担心
从空中掉下来

他望着蜘蛛着迷
他这个在城市高楼擦玻璃的人
要是也有这样一张防护网
他就不会整天提心吊胆
生怕悬着他的绳索
一不小心
掉下来

（刊《创世纪》2020 年 6 月夏季号）

初　心

所有的美，都因绽放而娇艳
所有的美，都因凋落而失色

如血的桃花，似雪的梨花
都是演绎岁月枯荣的高手

那在天空飘飞的都是神话传说
那在大地丛生的都是人间悲欢

只有阳光和雨露是爱的颂歌
只有黑夜与冰霜是恶的诅咒

我就这样日夜在人世间被磨炼
感恩大自然给了我纯朴初心的禀赋

（刊《创世纪》2020 年 6 月夏季号）

川 贝 籽

川贝果炸裂的时候
露出洁白的心和籽粒

那阵秋风刮得紧
地上蹦蹦跳跳，下起了冰雹
川贝籽的雪落满地

树荫下那些捡川贝籽的孩子
口袋装满了川贝籽鼓囊囊
像打仗装满的子弹袋

他们用竹片做的夹弹片夹满川贝籽
往对方身上弹
弹出的川贝籽溅出了欢乐

后来长大了的他们
像燕子一样飞散
瑟瑟秋风，时常吹醒他们童年的记忆
像这样简单而快乐的游戏
还有许多

（刊《海宁潮》2020 年第 2 期）

走进清晨的田野

天空繁星消隐还未殆尽
远山与漫涌的薄雾
便急匆匆地涂抹胭脂红的曙色
这清新与芬芳盈溢的早晨
我的心胸又一次被迷恋与爱
重塑田野的美好

看，溪水，鸟鸣，小草上晶莹的露珠
看，绿柳，麦苗，菜花这养眼的色彩
细微处，萌生的芽尖在缝合满目的鲜嫩
春色绚烂，好一个让人迷途难返的境界

半个多世纪过去了
我还是为大自然不改的初衷点赞
就像那只回归屋檐筑巢的春燕
风雨中的剪影与鸣叫，都抱爱而归

（刊《海宁潮》2020 年第 2 期）

荒坡上的草

荒坡舒缓，葱绿地毯
那么多野草碧连天
开花，还是结籽
她们从不去细究
只是一味地生长
随季节枯荣
每次见到她们
她们都在风中向我招手
她们用芬芳清新的气息
爱一般呼唤我
依在她们的怀里
我总不想离开
我梦入这泥土
便会像她们一样从容

(刊《海宁潮》2020 年第 2 期)

旧 日 夜 晚

夏天吃过晚饭
我们就躺在门口的竹凉床上乘凉
乡村的夜晚安详而宁静
奶奶用蒲扇给我们扇风、扇蚊子
讲美丽动听的童话故事
我们躺在凉床上看月亮、数星星
奶奶不让我们指着如钩的月亮
她说月钩如刀，指了会被割掉耳朵
她说星星是我们在天上的亲人
人死了上天堂，每个人都是一颗闪亮的星
我们数着数着就睡着了
这么多年，我在城市里蜗居
可我时常怀念
那些逝去的旧日夜晚
睡梦里，奶奶用蒲扇扇着、扇着
就把我扇醒了

（刊《海宁潮》2020 年第 2 期）

几只斑鸠在草地上觅食

周末闲着没事的时候
我喜欢到邻近的党校操场上去散步
让我高兴至极的是
常常看到几只斑鸠
在如茵的草地上觅食
它们时不时地叫几声
仿佛在与我打招呼
我看着它们的时候
它们也圆睁着眼睛看着我
我真的不忍心惊扰它们
可我好几次忍不住
咳嗽了几声
吓得它们扑腾着翅膀
飞走了

我已经很久没有这样喜爱过什么了
我甚至想停下来
看这些天使般的小东西
如何在草地上觅食、捉虫子、欢闹
这让我想起童年的小树林
它们如何在树枝上筑巢
如何不舍昼夜地抱窝
让小鸟的尖喙啄破乡下的黎明
那些嗷嗷待哺的歌声
银铃般伴着我欢悦的童年成长

（刊《万峰湖》2019 年第 3 期）

开满鲜花的山坡

开满鲜花的山坡
在一张脸和一张脸之间闪耀
那童年欢快的脚步
小鹿般蹦跳在花草间
少年无邪的爱，无须任何遮掩
也不是什么真正的表达
他们在林中采花的时候
不经意惊飞的小鸟
在天空中鸣叫着飞翔

这大自然无私的馈赠
在经年的梦中不时闪现
阳光朗照的花丛
仿佛鲜艳的、芬芳的记忆
打开春天的大门

就采摘那朵你喜欢的花
让爽朗在心中笑出声音
寻思中，时光与记忆的灯盏
照亮那熟悉而纯真的笑容

（刊《万峰湖》2019 年第 3 期）

躺在草地上晒太阳真好

小时候，躺在草地上晒太阳真好，真舒服
现在想起来，还想变成花丛中的那只蝶
吻着花香。春天里
我想与花蝴蝶一起入梦，可它见了我就跑
它跑自然有它跑的道理，虽然我无法理解
毕竟是人物有别、人事有别
我躺在草地上拥着阳光
花拥着阳光，草拥着阳光，树拥着阳光
我们不就是阳光大家庭中的一员
我想和它们和平相处，和它们说说
悄悄话。我想我爱它们中的每一个
就像它们中的每一个都爱我
它们赐我温馨、色彩与花香
有时候，我就是这么想
就想躺在草地上晒太阳，嗅花香
在爱中骑上蝴蝶的翅膀
任欢乐的思绪在幸福的梦里飞翔

（刊《万峰湖》2019 年第 3 期）

垂　钓

一大早就来到码头垂钓
码头人烟稀少，水雾在江面漫涌
几条停泊在岸边的小船
被几根铁链拴着
铁链一半浸入水中，一头被钉入泥土
仿佛几条被拴在江边的牛
风吹船晃，仿若牛在江边打滚
整个上午，除了有船驶过，江水涌流
江面上落满时间，落满光
偶尔，有几只水鸟在江面上飞
或落入岸边的草丛觅食
入水的浮漂旁，几条银针般的小鱼
在水面浮游，漾起一圈一圈的涟漪
你在江边入定，像孤独的时间
或寂寥的树，随着阳光偏移

（刊《万峰湖》2019 年第 3 期）

雨　声

夏日突发的暴雨
把我们拦在荷塘的凉亭
让我们成为雨中观荷的人
雨打在荷叶上
仿佛打在我们的心上
那跳动的雨声拨动着我们的心弦
我们听雨声打在荷叶上
像弹奏着某种熟悉而清脆的旋律
我们的耳朵里
盈满某种神秘的天籁之音
雨打在荷叶上
有的滑进水里，有的凝成水珠
在玉盘里晃动
仿若谁挂在胸前的珍珠项链
晶莹圆润，闪着光
雨下了一会儿便停了
可那荷叶边缘滴落的水珠
像是雨在继续
一声，一声
打在我们的归途

（刊《万峰湖》2019 年第 3 期）

风

风是什么，啥形状
一阵风在柳丝嫩绿与柔软的摇曳上
在湖水晶莹与涟漪的波动上找到了自己
它抚慰的手，摸着三月的脸庞
让温暖与爱直熨心底

不要指望从桃花上探听消息
桃林里那个穿红衣绿裙的少女
不也在孤独中呼吸如泻的阳光

一片云从蓝天飘过
这是风的影子在晃动
仿佛谁的耳语与亲昵
也不过是过眼烟云

只是风啊，早已烙进了记忆
它吹落的那几片黄叶
常在我们寂寥的心空飘飞、打旋

（刊《万峰湖》2019 年第 3 期）

柴　门

小河边的柳条、竹枝
捆在一起
就是菜园地的柴门
其实什么也挡不住
也就是挡个什么猪啊狗的
人把它一拎
敞开的菜园地
是通途

菜园地的菜啊
葱绿得有些诱人
特别是邻家那个
弯腰摘菜的幺妹
风撩动她的衣服
她身体耸动的青春
令人着迷
让我年少的目光盯在那
发呆
仿佛直到现在
一刻
也没有离开

只是那扇柴门
留在我的遗憾里
未敢轻扣

（刊《万峰湖》2019 年第 3 期）

松　林

那么大一片松林
每一棵树在半人高的地方
都被割开一道口子
成 V 字形
下口上套着一个塑料袋
——接松脂
这么多年来
这片松林都忍痛生长
把流出的泪凝成脂
这也许就是它们的命
你看它们长得郁郁葱葱
高大挺拔，直插蓝天
举着绿色的旗
在风中摇曳，在风中荡漾
把美与爱献给人间
这仿佛就是它们的欢乐
瞧，它们把迷人的脂香
洒满山坡

(刊《万峰湖》2019 年第 3 期)

纯　真

纯真脱口而出
快乐就在身边
一个玩弹珠的小男孩
不停地大声喊

艾美丽
艾美丽
艾美丽

艾美丽扎着红头绳
小辫子晃呀晃
蹦蹦跳跳
在跳绳
艾美丽只是笑
不理睬

（刊《万峰湖》2019 年第 3 期）

幸运与美好

简直让我始料不及，惊诧
我在公园散步
看见了草丛中一只可爱的小白兔
竖着两只大耳朵
向我眨动着机警的眼睛

这突然的相遇
难免
让我们觉得意外、生分

这是早晨的好时光
草尖上闪动着晶莹的露珠
明显是小白兔进餐的
最佳时机
它嘴里衔着未吃完的草叶
还流淌着绿汁
清香四溢

停下脚步
我们四目以对
我悄悄地从口袋掏出手机
拍下这难得的美妙场景
见我无恶意
它又低头啃了口草叶

当我想再接近它时
一溜烟，它跑了
留下一道白色的闪电
我正好奇地站在那发呆

头上树林间的鸟儿

咘叽、咘叽地叫着

仿若告诉我

这是上天赐予的幸运与福气

（刊《安徽科技报》2020 年 7 月 3 日）

河水的倒影

夕光里，牛在河边喝水
牛与牛的影子接吻，过家家
吧嗒、吧嗒的声响
漾起了水面圈圈涟漪
牛低头的样子很诚恳
牛抬头的时候
有水珠滴落
水珠落入水中
溅起水花闪烁

我迷恋这乡野的黄昏
牛在河边喝水
有白鹭落入它的脊背
划出一道白色闪电
白鹭在它的脊背上扇动翅膀
把黄昏的寂静扇得发亮
抬望眼，落霞满天
河水波动着闪闪金光

牛在河边喝水
它打开了河水这面镜子
河水的倒影里
映现出乡村万物
我看见屋顶上的炊烟
在往水里沉
像谁伸出的手，在捞
水底的月亮、星星

(刊《安徽科技报》2020 年 6 月 24 日)

春天的喜讯

漫山遍野的杜鹃花
像春天点燃的火海
腾起的火焰
烧着了天上的云

采茶的人在云端
歌在春风里飘
你到山乡扶贫
看见庄户门前杜鹃盛开
美得像亲人的脸
你一颗揪着的心
也像杜鹃露出了笑脸

你赶快掏出兜里的手机
照下这山乡小康的变迁
你要把这春天的喜讯
放到互联网上，晒

(刊《安徽科技报》2020 年 7 月 31 日)

乡村的夜晚不再黑

记得小时候
乡村的夜晚伸手不见五指
纵使星光满天
黑灯瞎火的夜晚
心中也不免充满恐惧
很多不幸
让魔鬼伸出的恶掌
阴谋得逞

如今，乡村的夜晚不再黑
你看那路边亮起的灯盏
是垂落人间的繁星
它既不用电，也不烧油
它是新装的一盏盏太阳能路灯
决战小康显神威
它星罗棋布，擦亮了乡村
夜晚深情的眼睛

（刊《安徽科技报》2020 年 8 月 7 日）

清　露

垂绶饮清露，青草闪亮着眼睛
小河，垂柳，河滩上的绿毯
装饰了清波如镜的画面
几只漫游的水鸟，在旭日点灯的光晕里
鸣叫，欢闹
秀出一场新春大戏

都在春风里，我站在小河边
青草打湿了裤脚，枝头滴落的
清露，从我的额头滑落
那一丝拂入心底的甜，清新了整个世界

花朵如盘，端出无数颗晶莹闪烁的珍珠
让这个充满生机和爱恋的早晨
光芒四射
点燃了一种梦想的冲动与愿景

（刊《安徽科技报》2020 年 6 月 17 日）

图书在版编目（CIP）数据

暮鼓晨钟/田斌著 . —合肥：合肥工业大学出版社，2021.7
ISBN 978 - 7 - 5650 - 5348 - 1

Ⅰ. ①暮… Ⅱ. ①田… Ⅲ. ①诗集—中国—当代 Ⅳ. ①I227

中国版本图书馆 CIP 数据核字（2021）第 114271 号

暮 鼓 晨 钟

田 斌 著   责任编辑 张 慧 秦晓丹

出 版	合肥工业大学出版社	版 次	2021 年 7 月第 1 版
地 址	合肥市屯溪路 193 号	印 次	2021 年 7 月第 1 次印刷
邮 编	230009	开 本	710 毫米×1010 毫米 1/16
电 话	人文出版中心：0551 - 62903303	印 张	14.75
	市场营销部：0551 - 62903198	字 数	281 千字
网 址	www. hfutpress. com. cn	印 刷	安徽联众印刷有限公司
E-mail	hfutpress@163. com	发 行	全国新华书店

ISBN 978 - 7 - 5650 - 5348 - 1   定价：62.80 元

如果有影响阅读的印装质量问题，请与出版社市场营销部联系调换